双子座文丛

高兴——主编

敬文东 著

一切轻薄如纸

Yiqie Qingbo Ru Zhi

漓江出版社
·桂林·

图书在版编目（CIP）数据

一切轻薄如纸 / 敬文东著 . -- 桂林：漓江出版社，2024.2
（双子座文丛 / 高兴主编）
ISBN 978-7-5407-9516-0

I.①一… II.①敬… III.①诗集 – 中国 – 当代 ②中国文学 – 文学评论 – 文集 IV.①I227 ②I206-53

中国国家版本馆 CIP 数据核字 (2023) 第 150136 号

Yiqie Qingbo Ru Zhi
一切轻薄如纸
敬文东　著

出　版　人：刘迪才
丛书策划：张　谦
出版统筹：文龙玉
组稿编辑：李倩倩
责任编辑：胡子博
书籍设计：周泽云
责任监印：黄菲菲

出版发行：漓江出版社有限公司
社址：广西桂林市南环路 22 号　邮编：541002
发行电话：010-85891290　0773-2582200
邮购热线：0773-2582200
网址：www.lijiangbooks.com
微信公众号：lijiangpress
印制：天津市天玺印务有限公司
开本：880 mm×1230 mm　1/32
印张：7.25　字数：150 千字
版次：2024 年 2 月第 1 版
印次：2024 年 2 月第 1 次印刷
书号：ISBN 978-7-5407-9516-0
定价：69.00 元

漓江版图书：版权所有，侵权必究
漓江版图书：如有印装问题，请与当地图书销售部门联系调换

"双子座文丛"出版说明

优秀的书写者往往有着多重的文学身份,这种多元视角下带来的碰撞和探索,也让文学迸发出更为耀眼的璀璨光芒。"双子座文丛"取意两栖、双优,聚焦当代文学星图里具有双坐标意义的写作者,以作品的多样性呈现文学思维的多面性,角度新颖独特,乃为国内首创。本丛书第三辑,以"评论家"为经度、"诗人"为纬度,收入了谢冕、张清华、何向阳、敬文东和戴潍娜五位横跨三个代际的作家力作,他们既是思力深邃的批评家,又是深情善感的创作人,各具时代特征的显著性。诗歌与评论的相互印证,感性与理性的双重交织,让他们成为"双子座"独特的坐标系——评论家+诗人。此类作家不独五位,以此五位为代表,且由于篇幅所限,本辑作品皆为精选。

漓江出版社编辑部

目录 / Contents

总序　一条江河的自然拓展和延伸／高兴　001

诗　歌

我们的时间

005／蒲公英

006／缥　缈

007／手　指

008／邂　逅

010／创世纪

011／邻　居

012／打　劫

014／老　人

015／山　楂

017／三　月

018／我们的时间

可怕的对称

021 / 召　唤

022 / 距　离

024 / 最后的歌谣

029 / 夏　天

031 / 咳嗽：给康德

032 / 赶路：给祖父

034 / 神灵：给父亲

036 / 凡人：给母亲

038 / 如　今

043 / 请假条

046 / 笔记本

048 / 可怕的对称

最小的事情

051 / 多次看见（献给我的兄弟）

058 / 1992—2002

064 / 创世纪：给典儿

066 / 草，燕子

068 / 凋　零

070 / 歌

072 / 十三不靠

074 / 土门村，汉语

075 / 咸

077 / 一年将尽

079 / 银杏之诗

081 / 拯救者

082 / 最小的事情

评　论

085 / 回忆八十年代或光头与青春

122 / 变态的上海及其他

139 / 网络时代经典写作的命运

157 / 鲁迅的语调

176 / 瞪眼的意识形态

194 / 嬗变的汉语与中国现代文学

※ 总序 ※

一条江河的自然拓展和延伸

高　兴

数年前，漓江出版社开始出版"双子座文丛"，取意"著译两栖，跨界中西"，最初的宗旨是诗人写诗、译诗，散文家写散文、译散文，小说家写小说、译小说，把目光投向了中国文坛上一类特别的人，"一类似乎散发着异样光芒和特殊魅力的人。他们既是优秀的作家，同时又是出色的译家"。文丛新颖独特，为国内首创，出版后，受到读者的喜爱和认可。

喜爱和认可外，我们还听到了意外的回响。不少读者觉得，"双子座"这一名称实际上有着更加广阔和丰富的内涵和外延，仅仅限于"著译两栖"，似乎有点"亏待了"如此独特的创意。既然作家、译家是"双子座"，那么，作家、画家，作家、书法家，作家、音乐人，文学伉俪，文学两代，等等，都可以算作双子座。边界拓展，"双子座"应由一座独特的矿藏变成一个敞开的世界，而文学本身就该是无边无际的天地。

向来勇于开拓的漓江出版社吸纳了这一意见，决定拓展和延伸"双子座文丛"。这一举动既有出版意义,又具诗意光泽,就仿佛是一条江河,渴望拥抱更大的世界,通过自然拓展和延伸,执着地奔向大海。此时此刻,这条江河,我就称之为:漓江。

本辑,我们就将目光聚焦于评论家、诗人这一"双子座"。

正如在任何正常发展的文学中一样,在中国文学的发展中,文学评论家们也一直发挥着不可替代的作用。考察历史,关注现状,深入文本,梳理动向,评判价值,分析现象,评论家的所作所为,于广大的读者和作者,常常具有启发、提示、总结,甚至引领的作用,且常常还是方向性的作用。正因如此,评论家的事业既是一项文学事业,也是一项良心事业和心灵事业。

扎实的理论功底,广博的知识储备,天生的艺术敏感,这些都是一位优秀的文学评论家需要的基本素质。除此之外,优秀的文学评论家同样需要"多愁善感",亦即超凡的情感呼应力和感受力。因为,他们归根结底也是文学中人,而文学中人常常都是性情中人。作为文学中人和性情中人,到了一定的时候,自然不会单纯满足于文学评论,自然会产生文学创作的冲动。

一些出色的评论家诗人,就这样,出现在了我们面前。本辑五本书的作者谢冕、张清华(华清)、何向阳、敬文东和戴潍娜就是他们中的代表人物。

细心的读者会发现,这五位作者实际上代表了老中青三代。

谢冕,老一代诗歌评论家的突出代表,在七十余年的诗歌评论和教学生涯中,耕耘不辍,著述无数,桃李满园。尤其令我们敬佩的,是先生的内心勇气和诗歌热情。20世纪80年代初,正是他率先发表《在新的崛起面前》,

为当时备受争议的朦胧诗辩护，为中国新诗的健康发展排除理论障碍。"比心灵更自由的是诗歌，要是诗歌一旦失去了自由，那就是灾难，是灭绝，那就是绝路一条……诗歌的内容是形形色色的，诗歌的形式应该具有不同风格，如果用一种强制的或非强制的手段来进行某种统一的时候，这就只能是灾难。"从这段话中，我们便能感觉到先生的良知、真挚和勇气。如果说先生的评论体现出开明境界和自由精神，那么，他的诗歌则流露出含蓄细腻和别样深情。阅读谢冕的评论和诗歌，我们不仅会获得思想启发和艺术享受，而且还能感受到作者的人格魅力。

张清华、何向阳和敬文东，中间代文学评论家中的佼佼者。除了文学天赋之外，他们都接受过良好的文学教育，具有开阔的视野和扎实的功底，在长期的文学评论和研究中，形成了独特的个人风格。

在文学评论上，三位都有着自己鲜明的立场。张清华坦言，自己"采用的是'知人论事'方法，一个重要的原则就是把文本和人本放在一块，以人为本来理解文本"。他认为："如果能够通过文本接近人格境界，对人格境界有了一种理解，那么批评就是有效的，同时也是对自己的一种滋养。即便不去学他的人格，也会深化你对生命对人性的理解。"如此，"文学批评就变成了对话，不只是知识生产，还是一种精神对话"。何向阳表示："负责好自己的灵魂，是一个以深入人生、研究人性、提升人格为业的批评家作为一个人的最基本的责任。"这其实已成为她文学评论的逻辑起点和伦理追寻。与此同时，她还始终保持着一种清醒和自尊："当时间的大潮向前推进，思想的大潮向后退去之时，我们终是那要被甩掉的部分，终会有一些新的对象被谈论，也终会有一些谈论新对象的新的人。"而敬文东曾在不同场合反复强调:"文学批评固然需要解读各种优秀的文学文本,但为的是建构批评家自己的理论体系;而文学批评的终极指归,乃是思考人作为个体在时间和空间中的地位,以及人类作为种群在宇宙中的命运。打一开始,我理解的文学批评就具有神学或宗教的特性,不思考人类命运的文学批评是软弱的、无效的,也是没有骨头的。它注定缺乏远见,枯燥、乏味,没有激情,更没有起码的担当。"作为评论家,张清华的敏锐,何向阳的细腻,敬文东的犀利,都已给广大读者留下深刻的印象。

在诗歌创作上,他们也表现出了各自的追求。张清华一直在思考怎样使诗歌写作同时更接近肉身和灵魂。"离肉身远,写作无有趣味,缺少生气;离灵魂远,则文本不够高级,缺少意义。所以,我所着迷的理想状态,应该是理性与感性的纠缠一体,是思想与无意识的互相进入,是它们不分彼此的如胶似漆。"他期望自己的诗歌写得既有意义,更有意思。如果了解何向阳的人生背景,我们便会明白,诗歌写作于她,绝对是内心自然而然的流淌,有着某种极致升华和救赎的意义。诗歌写作教她学会爱并表达爱。诗歌写作甚至让她感悟到了某种神性。正因如此,读何向阳的诗,我们在极简的文字中时常能感受到深情的涌动和爆发。敬文东的诗歌写作理由非常明确:"我写诗的经历有助于我的学者身份,因为它给学者的我提供了学者语言方式之外的语言方式。语言即看见,即听到。维特根斯坦说,一个人的语言边界就是其世界的边界。有另一种语言方式帮助我,我也许可以听见和看见更多,能到达更远的边界。"身为诗人,张清华的不动声色和意味深长,何向阳的简约之美和瞬间之力,敬文东的奇思妙想和文体活力,都让他们发出了辨识度极高的诗歌声音。

而戴潍娜，来自"80后"青年评论家队伍，一位多才多艺、兴趣广泛、全面发展的才女和侠女。无论是评论还是诗歌，字里行间都会溢出如痴如醉的激情和坚定不移的温柔。文坛传说，她曾表示，如果有人让她卸掉一条胳膊或一条腿来换取一只猫或一只狗的性命，她一定毫不犹豫。这倒像是她的口吻和性情：极致的表达和极致的追求。她的评论和诗歌还流露出对语言的迷恋和开掘，有时会给人以语言狂欢和梦幻迷醉的强烈感受。这是位世界和生活热爱者，同时又是位世界和生活批判者。批判其实同样是在表达热爱。批判完全是热爱的另一种形式。这几句话，用于其他几位作者，同样有效。

阅读他们的评论和诗歌，我总有一种奇妙的感觉：作为优秀的评论家诗人，他们似乎正在理性和感性之间，在冷静和奔放之间，在肉身和灵魂之间，跳着一曲曲别致动人的舞蹈，展现出自己卓越的平衡艺术和多面才华。

文学评论，诗歌创作，这无疑让他们的文学形象变得更加完整，更加饱满，也让他们的文学生涯变得更加令人欣赏和服帖。

有趣的是，这五位评论家似乎都更加看重自己的诗人身份。兴许，在他们看来，文学评论只是本职，而诗歌写作却属惊喜。尊重他们的这种特殊心理，我们在排版时，特意将诗歌安排在评论之前。期望这样的安排也能给读者朋友带来惊喜。

2023年8月5日于北京

诗　歌

我们的时间

时间在万物的胃中燃烧,替代消化／让苹果鲜艳,少女的脸庞红润、甜蜜／让梦在地上舞蹈、歌唱,向主人示威……

蒲公英

如果说日子仅仅让我们成熟
那柳叶间就没有我们的笑声
野地上就没有狗尾巴草的欣喜
如果说我们围在一起是命中注定
那我们就只好紧紧抓住对方的手
我们就只有用同一种语言谈笑

可是兄弟,我们都是蒲公英的种子
世界很大,生活的海洋又深又冷
没有鞋的孩子照样可以走路
现在该让清风送我们走了
一对对伞兵,一群群细小的乌鸦
排天而下

(1988年)

缥　缈

我无法深入这首缥缈的诗
有评者说三千里哀愁是此阕
可我的手指触不到这哀愁
滋生的土地。三千里远程上
草在哪里，伊人傍水而居
水在哪里，午间仍在锄禾
禾在哪里，农夫在哪里呢
这诗缥缈得像嫦娥的纱巾
少男少女们都热泪满面了
五千年前我哭过，五千年后
胡须似冰雪染过的白茅
有鸟在这里孵雏，有蚂蚱
在预示冬快近雪快下了
这首缥缈的诗我无法深入
我只会站在田里任诗滑过
用手除草，提水灌苗
伊人立在井旁用眼睛
梳理我的胡须，梳理我的脸
如同梳理龟裂的黑地

（1989年6月）

手　指

我爱黑色的田野胜过爱我的心脏
在它父亲般的肚子中有我们的种子
它平躺在时光之上、太阳之下
举起千百根手指吸收光芒
当早晨的梦被捆在床上轻轻呻吟
我们从卖奶老妪手中接过酸奶瓶
我们知道她的手指就是田野的手指
我们就从这里出发
奶在胃里像暖洋洋的三月
我们伸出手给田野洗脸梳头
我们的手指就是田野的手指
在爱的手掌里我们昏昏受孕
爱的手指就是田野的手指
我们的孩子就是田野的孩子
他们将双手插进空气中叫喊
他们细嫩的牙齿就是田野的嫩齿
他们在地上飞快地长着
他们的疯长就是
田野手指的疯长。

（1989 年 5 月）

邂 逅

死后，当我们的灵魂拄着拐杖
相遇在地狱一角或者天堂一隅
这算是缘分呢还是例行公事？
近旁就有茅屋酒家
有另一朵灵魂在里面喊叫
我们走进去和他招呼
三个人共用同一盏酒盅
五十年前打草鞋的皇叔
操刀的燕人和推车的云长
在酒店里密谋三十年后
关公走了麦城其他两位该怎么办
几分钟前还各不相干
这算是缘分呢还是不朽的命运？
死后，我们这些互不相识的灵魂
谁是刘，谁是关，谁是张
谁又是他们帐下执枪的士兵
拄着拐杖在酒家里，我们又能
密谋什么？先人说灵魂要走很远
才能走出一声孩啼或一声鸡鸣
而我们又能走出多远？当走到

另一个世界,我还卖肉吗?
他还推车吗?你还打草鞋
叫皇叔吗?走到酒家,初逢桌上
这是缘分还是命运的例行公事?

(1989年6月)

创世纪

我宁愿相信：当人类
第一盏灯幼稚的光线
颤颤抖抖伸进地里
稻子就从那里长出来了
情歌就从那里长出来了
毕毕剥剥地生长着
把太阳也呼唤出来了
当太阳羞涩地说：
"对不起我实在太累"
于是情人们的呢喃
把月亮也呼唤出来了

当寂寞越长越大
情人们在月亮的证明下
于是孩子被呼唤出来了

（1989年4月）

邻 居

当我收到你的信,秋雨下落了
在地球另一面我同样的位置
收到信的是位金发姑娘还是棕面小伙?
他们是在痛哭呢还是高兴得揪头发?
其实我们都是邻居,告诉我
你的屋离他的屋要近些
要不现在就打开你的门
让他进来吧,你们好生长谈
反正秋雨已经在下了
在另一间屋子里
我听得见你们的窃窃私语

(1989年9月)

打　劫

在三月，我坠入深渊
行走在痛苦茫茫的草原
寻找那些身披幸福袈裟的人：
我是一个打劫的刺客。

三月：伤口开花的季节。我坠入深渊
举手撕下一片白云擦拭枪膛
又对着另一朵白云开枪。我看见
所有的人都满面忧伤。

痛苦在他们面前蹦跳、游荡
我绕不开它：生生不息的痛苦
不怕子弹。我向唯一的幸福者
开枪，响声闪进了他的心房

我将他埋在草原上、泉水边
剥下他幸福的衣裳，披在肩上。
好兄弟，你已经穿了很长时间
应该满足，无怨地长眠。

我会很快把失去光泽的
衣裳还给你。好兄弟
幸福的总量不变，你要为别人想想
茫茫的草原上就你一个人亮亮堂堂

在三月，我背着双筒猎枪
行走在一望无际的伤口上
像古代的侠客杀富济贫，把幸福的
衣裳送给痛苦的邻里，也包括我自己

（1994年3月）

老　人

白胡须的老人，举起短鞭
放牧着日子，像赶着一群
听话的山歌。在水边，白胡须的长老
席地而坐。看着日子在野地上吃草。

溯河而上，白胡须的长老
捡起自己的脚印，一一编号。他要
收藏痕迹最深的脚印。回头望见
他的牧畜在野地上懒懒地吃草

白胡须的长老，顺流而下
把收藏的脚印一一铺开
站在上边，满意地笑了
顺手把剩下的脚印当作擦汗的毛巾

站在河水中央，白胡须的老头
把毛巾裹在头上，迎风招展
满面忧伤。回过头，看见
他的牧畜伏在地上，像轻柔的闪电

（1994年3月）

山　楂

现在是心平气和、自愿认输的日子：
山楂行进在乡间、城市和水边
红脸膛的小母亲，并不因
生养了那么多的子孙洋洋得意

它们懂得如何保护自己。
在怀孕的日子里，谦虚地
沉默，歌声让给鸣蝉；
在时间的律令前，惊讶地呼吸。

长不大的小母亲，永远对世界保持
绝对的神秘。从不念佛，也不相信
界限那边的钟声。悄悄来，默默去
像上帝面前轻轻燃烧的一盏烛灯。

小小的山楂，行进在路上
越走越胖。四周沉静如水
站在星之下，暗之上，吸收了季节
过多的赠予。面对气宇轩昂的天空，

长不大的小母亲

平静地走到白厉厉的牙齿前
视死如归;疼痛使脸涨得更红
如同在拼死分娩。

(1994年3月)

三 月

三月和我们居住在同一个客栈里
那么温柔,连花蕾都低下了头
将冰雪开出,将春天抓捕
三月三月,三月伏在田里叫

能够等待它的人有福了
我们长出一口气,惋惜那些
在冰雪中愤愤而去的伙伴
你们为何不懂得宽容和忍耐?

我们就从这苏醒的中心出发
把三月扛在肩上,随手摘走
那些挂在树梢上的孤独
然后将它们乔装打扮。

三月的目光从我们肩头射出
掠过亲爱的季节
告诉那些还在酣睡的人们
山楂红了,山楂红了。

(1994年3月)

我们的时间

时间在万物的胃中燃烧,替代消化
让苹果鲜艳,少女的脸庞红润、甜蜜
让梦在地上舞蹈、歌唱,向主人示威
让各种观念最后都尸首纷呈:

这是无须点火就能燃烧的物质
是燃烧后绝无灰烬的一砚奇迹
这是我们命中注定的时间

孩子握着时间之火的手
"随我来,要不我随你去"——
这个无罪的羔羊就如此被流放了
穿行在事物的良心里,忘记归来

你会在黑夜的心脏处看见一团火
你会看见孩子在火中歌唱、舞蹈一如梦想
你一定会明白这堆心形的火,它永无休止

(1994年)

可怕的对称

我破译了罪恶的许多配方,却只认清了 / 三五个有关良善的细节。孤零零的细节 / 和生活几乎没有上下文关系, / 却和众多的配方构成了 / 不平衡的对称,与不稳定的今天 / 刚好吻合。

召 唤

永恒的召唤垂天而下
让我起立、致敬,把浮躁的心
熨平。我看见召唤金色的音响中
山楂在从容成熟,鸟群在宁静滑翔

时间是甜的。在诗歌的源头
少女是红色的。革命与燃烧打成一片
睡眠的伪足铺开
让丰收躺在上面——

永恒的召唤垂天而下
绝望的人儿泪眼开花。把孤独
悄悄买进坟墓。将祝福的姿势
纷纷抛洒,在水边种植着庄稼

永恒的召唤垂天而下
带走了我的日月,去了遥远的国家
只在临行前要我催促幸福快快发芽。

(1993年)

距 离

如同礁石守住了大海茫茫的孤独
稻子守住了汗珠浑浊的原样。
哦,南国的水稻,我故乡的水稻
远离开花有五千里之遥

没有一粒稻子能领你回家
它的生命超不过
五千里这近乎绝望的征程

穿过已发现的季节,走遍天下的羊肠小道
青山已改,绿水不流
面孔已随季节千变万化

打不上我的私人图章。
在辉煌得令人痛哭的落日中
太阳升起了苍老的翅膀。

在无法完成的牺牲面前

在空无一人的人海当中
我能守住什么？我拥有的是
殉情的故乡？还是远视的水稻？

（1995年8月）

最后的歌谣

第一首

这漫天的闪电令我感动
故事在夏天成熟,张开了传奇的嘴
在黑暗的事物中驻足、凝眸
坐在闪电痛苦的光芒里,上升、下降

当闪电被天地收去,当黑暗的事物
陷入更目眩的黑暗,你走来了
水边的姑娘,波浪的姐妹
闪电的同志,故事的看门人

提着背囊、眼泪和油菜花的笑容
在故事的庄园里守夜、打更
报告闪电的呼吸、远方的脚步
怀抱我从未来捎回的一小枝松树:

你被故事俘虏,被未来占领,在闪电
来临之前哭泣、欢呼,却回不到水边的家

第二首

怀抱我从未来捎回的一小枝松树
你怀孕,生产,像时光一样
不断孕育新的日月。将新生的血捧在手中
让乳头呈现田野一样的颜色

穿过燃烧的岁月,我们偶然相遇了
爬坡的眼泪淌着汗水
道路的拔节声和心跳扭成一团
你哭叫着把辟邪的火都收集起来

堆放在时间的御座前。
追踪幸福的姑娘,最后被故乡
命中,吊在它高高的十字架上

在过不去的界限边,你揪住
爱情的领口。在你的抚摸下
一切有名有姓的死亡都将归于虚无

第三首

一切有名有姓的死亡都将归于虚无
在你的抚摸下
祖传的死亡被新生的节日所取代
两个孤儿组成的小小的生态系统

只是孤儿的一半。你谦逊地生育
要把这一半也无限减小。
早上你从水边启程,晚上你到达这里。
把远方丢在远方,命令从前去看管

背负着不同的姓氏,共同的遗产
在结冰的时间中遇到了春天的秘密
从身体里掏出青鸟,分别写上对方的名字
啊,你从婴儿出发,在我们的家中住下

把脚印,这大地的膏药
贴在孩子们患风湿的关节上。

第四首

你的辛勤生育,直接产生了微分学说

——你把孤儿的比例渐渐抹杀到零。
为了让我这个被击败的人也能重新站起
你把膏药也贴在我肩头：

如果时间的门注定要关上
如果歌谣迟早都要背过身去
在你的搀扶下，我还要和灾难友好相处
不是为了新生，而是为了免于死亡

到那时，不会再有天地，不会再有
拯救、白雪和故乡。不会再有分开的手
它们注定只用于紧握。我们注定要以自己
为岁月付账。这个陈旧的故事

在夏天成熟，
在秋天就会被闪电阅读。

第五首

你老是躲在一洼清水中
我必定会在发炎的喉头上找到你
你也会在我带血的嗓音上活着
当天上的上帝死去后

我们从清晨来到黄昏的山巅
将名词的家转化为动词的庙宇
将感恩戴德的露珠收集起来

你说"要有光",于是天就亮了
你看叶脉是好的,于是你要了植物
时间渐渐老去,而我们还相对年轻

当姓氏永远不同,血缘却渐渐合一
当我无意间睡过了头,醒来时百年已去
我和我的时代互相扑空
而你依然是满头青发。

（1995年7月）

夏 天

门外是无边的夏,炎热的夏
我侧身挤进高温的夏,又抽身而出
顺手从它庞大的身躯内掏出一小把冬天:
被汗水包围、能让声音结冰的冬天。

除了越过寂静踱到窗前的蝉声
和夏天共披一张胞衣的蝉声,如今
一切都过去了。高蛋白的蝉成了饥饿的
佳肴,当然还有蚂蚱,那些还未进入秋天的

蚂蚱。摆在一千元一桌的酒宴上。①
夏天成了餐桌的主席
含笑鼓励永远长满粉刺的肠胃
夏天越吃越少,只有几枚瘦弱的蝉壳

依然躺在盘内。它们是饱食卑微的
弃儿,是最瘦的夏天。就像难以治愈的
诗歌病,是即将过去的夏天留给我的

---

① 山东人喜欢吃油炸蚂蚱和油炸蝉蛹。据说这两种昆虫都是高蛋白。

唯一遗产。时光翻过了这一页。

门外是无边的夏,炎热的夏
曾经在诗中待过的太长又太短的
日子,跌跌撞撞又来到我眼前
——而怀旧的时代终于过去了。

(1995年8月)

咳嗽：给康德

感谢你，给我带来了一火车皮的风景、
短暂的豪情和某个荒唐的念头。
但最荒唐的往往也最真实。
你说："天上的宇宙星辰……"

我接住了你的下一句：
"心中的道德律令。"
从人间的窗口，眺望上帝的秘密
拿着一把十八世纪的榔头，敲打铁铸的

事实和黑暗。特别是黑暗中
最古老的精灵。你掀掉一座房屋
怀疑地察看它的底座，然后再复原。
这就是你：人类中的黑猩猩

最后把你之外的其他人变成了猿猴
而在历史的转弯处，传来了理性
骄傲的咳嗽。像一个巫师抓住最荒唐的魔念
你把咳嗽捧在手上，惊奇地打量。

(1996年12月)

赶路：给祖父

像泥土引领种子上升，你引领我
认识了房屋、茅草、季节直到世界
从最初见到的云朵到眼前的生活
如今，你躺在故乡的一砚泥土里

褪尽了衣裳，褪尽了被生活泡咸的
肌肉；剩下的是骨头，这最后的纪念
被大地保存，被黑夜收藏
黑夜打开又合上。

你朴素的名字，依辈分而来的
名字，让更晚的晚辈挽留
他们掂起你的名号，既熟悉又陌生
转身就走进了生活的深处。

再难得有人回望你一眼。
古旧的锄头，土铸的房屋：你的遗产
只剩下那把油亮的躺椅
也快要在遗忘中丧生。

但你走过的路依然还有人要走
其中也包括我；你传下的生活
抑或灾难，还在继续。
当然，你也在赶路。

十六年了，假如你已投生为人
尽管我不知道你是谁，你在何方
但总在人世，或许就在我身旁
对不值得了解的人类，我竟有了探问的渴望。

（1997 年 9 月）

神灵：给父亲

在电器时代，一切朗如白昼
除了你，还有谁把鬼神当儿子般地怜惜？
从梦中找寻神灵的征兆和传记
为某个臆念中的鬼神的受难担惊受怕

扔掉谎话，又重新捡起它的
一鳞半爪，以对付日渐难耐的生活
为你死去的父亲竖起界碑
匆忙中却又写错了碑文

三十五岁结婚，五十岁
修了自己的宅屋。对亲手抚养出来
的儿女，当神灵一样地怜惜
给他们的浪游提供的钞票

有如逢年过节烧给鬼神的纸钱。
看到儿女长大，长到结婚
宛如看到鬼神凡俗的一生——
为了证明神的存在，你让我们生下来

但神与人的战争总以人的胜利而结束。
你的肠胃消化不了来得太容易的胜利
哎，作为一个切过肠的人
你的火气分明是太大了。

在匆忙的时代，一切轻薄如纸
还有谁把生活当作神灵来怜惜？
你老了。摆弄着坛坛罐罐，听着它们的
回声。而我就是你曾经写错了的碑文。

（1997年9月）

凡人：给母亲

作为我诗歌中出现的第一位女性
你早我二十余年来到人世
经过贫困、道路以及与生活的争吵
你成了我命中注定的母亲

和凡夫俗子讨价还价，最终也成为凡人
拿辛苦节约下来的钱，供奉丈夫心中的
鬼神。你争辩、吵闹，偶尔也砸烂一只碗
却又要为如何补好它心机费尽

就这样开始了新的一天。
生活很简单：没有鬼，没有神
仅仅是砸烂一只碗，再设法补上
你走出房门然后又回来。

嗓门大，身体胖，肩有力
这都是你生命的必需品
你的美依照生活来剪裁
把不屑一顾奉献给了书本上的定义，

对我父亲供养的鬼神也将信将疑
但你仍然能安全抵达祭祖的坟林
却又坚决反对铺排、浪费：活着的
依然活着，死去的早已死去。

没有仇人的日子是多么美好。如今
你学会了麻将，进行五毛钱一盘的
退休生活。除了苍老和风霜
你把健康和完好无缺保持到了麻将桌上

（1997年9月）

如　今

1

是的，我放弃了玄想、悲哀甚至尖刻的
语言，成天驰骋在轶闻琐事之间
不再为人类担心，不再为历史发愁
正想和凡夫俗子交心，他们已经淹没了我。

如今海水漫上了我的额头。
我的不良习惯正在一点点死去
我的优良品质还来不及生出
但一位巫师说过，它迟早都要展露

我一一采访了曾经鄙弃过的事物
它们住在贫民区的小道上，自成村落
我想将它们插在我的上衣口袋
却没想到会即刻死去。

这时还能看见希望的人已经不多：
当然，我就是其中的一个。
我不曾被人欺骗，只是被梦想所误

岁月溃烂，胜利只是一段躺在往事中的枯木

曾经关于道路的传奇我早已放弃
如今，我只看中了其中的一种学说：
活着并不是为了证明道路的存在
而我注定要死在某个意义的途中。

2

我要把昨天丢弃的人间细节
重新捡起：在整个挥汗如雨的季节里
我给它施的肥最少
这一点我从未忘记。

我出发，我行走，一直来到一摊往事
和秋天的摇篮边。然后我坐下
翻开早已破旧的棉袄。寻找
我的心血精心喂大的虱子

而抬头望见多少冒号在空中闪烁。如今
我不再摸印有红双喜的彩纸，不再
对命运指手画脚，说三道四
在令人揪心的秋天，保持平和的心境。

相信每一个神都有一个人间的
出生地,曾经对我是多么困难
没有人在乎我发明的公式,也不会
有人看见另一个人发疯的梦境:

经过古老的漫游,我回来了
带回了一条在西风中深入的街道
我出发,我行走,我沿着它质朴的方向
要把昨天丢弃的人间细节重新捡起。

3

我要向梦中不认识的人致敬:
感谢你们屈尊光临我的黑夜;
从前我们争吵、搏斗、刺刀见红
或为某一个虚拟的意念抱头痛哭

如今我们客客气气,握手言欢
在我还没有来得及做出送客的
表情前,你们已经推门离开。
我醒来,这是习以为常的七点半钟

这是人间的早晨。我开始在叙述中

自学那些和庸常的事物相重合的句子：
"不能永久生活，就迅速生活。"
把注定要稀释的日子浓缩

在深渊曾经枯瘦的肋骨上，吹响
感恩的歌子和即将到来的夜晚
梦中的陌生人，我的兄弟，一枚土豆
也许就能击碎所有的人间苦难——

对于早已听厌的歌，我还要再听
对于遗忘了的梦中人，我要去人群中
发现，而对于那些还在痛苦中做梦的人
但愿我是你梦乡中作为回报的过客。

4

太好了，人同情上帝的时代的到来
真是太好了。不胫而走的消息
传遍天下，也击昏了少数几个人
偶尔到来的胡说乱侃俘虏了我：

夹着公文包我去上班，附带一点
勾心斗角。在上帝被同情的时代

我最多只能算个漫不经心的
神迹收藏家。在我太多的叙述中，

生活已经走样；而我经历太少的人生
也被反复涂改。比如面对一张
资格审查表，真不知从何说起——
从什么年代开始了我的生活？

究竟从几岁才开始了我的人生？
有太多的掌故需要钩沉、打捞
乘着公共汽车，我去追赶一张小桌上的午餐
这不胫而走的消息，传遍家乡

又被我有意遗忘。
我不断给自己的行动加注，不断地
引用被人同情的上帝的时代。我认输
我只有去梦中收购神灵遗留的脚印。

（1997 年 10 月）

请假条

1

他从房间里出来,带上了房门
然后下楼梯,随便遇上了几个人
这时电话铃声响起,通知他去上班
而他正好要去上班:

呈送请假条是他的日课。
现在唯一的事业是争取到
随时可以请假的权利,

这得有一个高于他的组织存在
在他的肉体之外,组织庞大、虚幻
又触手可及,像海市蜃楼
但必须要有。

通往组织的道路何其遥远
他把请假条装在贴胸的口袋
又怕汗水模糊了假条上的墨迹。

2

在请假的途中,他收到了沿途递来的
许多名片:经理。厂长。委员。理事。
满世界都是分管生活的头目,只有他是个

请假者。按照名片的指引,他来到了
东方红大厦第 60 层的 7832 号房间
满屋子热气腾腾,斗争正把计划引向屋外

他从内心口袋里取出请假条
寻找着一位姓王的首长——
那位正用长筒望远镜观察生活的人。

首长随意收下了假条:"你来得
正好,我想派你去轰炸碉堡。"

3

向死亡请假,向过去的植物和节日请假
他抬腕看表:时间丢掉了整整一个小时
当终点已经临近,好了,现在开始吧。

要思考这个问题,复印机的一代
现在正是克隆的一代。他从台阶上下来
作为死亡的臣民,向死亡递上假条。

在长长的睡眠中
在人生计划的外边自我放逐。
如同礁石守不住大海茫茫
他当然也守不住决议和纪律的原样。

只需要将时针向前拨一下
被丢掉的一小时就重新回到手表里
但仍然没有一粒稻子能领他回家
好了,好了,现在开始吧——

(1997年12月)

笔记本

1

翻开发黄的笔记本,能看到许多
残破的思想片段。我曾经以为:
偏见是我们进入生活的有效开始
现在我依然这么认为:造谣比制造真理
更加有趣。我给这世界造了很多谣。
我诽谤了它。而我恰恰是个
靠出售观点换取报酬的匠人:
它构成了我的记忆、毕业论文和吃饭的
餐具。它是一个工具箱或百衲衣。
是隐形的波浪。
我记下了许多大写的字:
树雄心、立大志……
这是方向和遥远的道路。
三个单音节的字,仅仅是三个,在我心中
合拢,却又在我的笔下无数次
有意分开。普遍的梦见,广泛的悔恨,
耗费了若干日月;
放浪的夜晚,口若悬河的白昼,
仅仅换来了沉默的今天。

今天奉献了你。
迟到的奉献，深不可测的口音，
让我借助酒力说出了积攒多年的疯话。

2

我仅仅是一个草稿，从未真正完成。
我向黑夜求饶：我被幻想中的幸福
无数次压垮。它们都曾被我设计。也被我
毫不犹豫地否定。恍惚间，
多少用罗盘丈量过的道路
横亘在眼前。我见到过的街道，
我听见过的名言，我闻到过的未来的
腥味，像有局限的心脏，皱巴巴的生活，
却说出了有翅膀的话、带惊叹号的表情。
像二锅头的浓度。
我爱上了它：穷人的激情，虚拟的销魂
能做出指南针的各种动作。
谎话无须脸红，真话却要借助酒勇
人到中年，即兴撒谎的技艺
已无须再次锤炼：
这是我要写到笔记本中的又一条格言。

（1999年4月）

可怕的对称

无论这个世界多么地令人不齿,
它仍然是我们话题的中心。

——米兰·昆德拉

我破译了罪恶的许多配方,却只认清了
三五个有关良善的细节。孤零零的细节
和生活几乎没有上下文关系,
却和众多的配方构成了
不平衡的对称,与不稳定的今天
刚好吻合。啊,在火车站,
提包的火车站,我仇恨故乡;
而在朝西的房间里,我仇恨
冒名顶替的、偷渡而来的朋友。
带引号的朋友,捎来了
不属于我的黑暗
让我又一次看到了罪恶的新配方
仅有的一次,就充当了大限:
它扭断了不平衡的关系中
最有平衡能力的那一条腿。

(1999年5月)

最小的事情

我一直做着人世间最小的事情,无须 / 背叛任何人以取悦于我之所做;我也未曾 / 被任何人出卖,因为我一直做着 / 人世间最小的事情。

多次看见
（献给我的兄弟）

你用尽了岁月岁月也用尽了你
而你仍旧没有写下这首诗
———博尔赫斯《马太福音》

1　履历一种……

从师范学校的语文教案，走向
县财政局的报表、年度计划
和一个四十余岁的老小秘书，
老大吃力地完成了这一切，犹如一次

值得夸耀的长征。……这中间充满了
众多难以理解的阿基米德点。
太庞大、太深奥了。
不是教授、白痴和真理

能弄明白的。……拼搏后的见到、
潦草的眼神、看见后的消失，
并不触及幽默的语言背后
偷偷的荒凉。在官话和行话的交叠中

它们都隐藏得太深了……
我多次看见他在围棋中
和每一个棋子交谈；从鞠躬、套话
和小秘书的身份溜出来，

回到狭窄的围棋转播，
暗自算计。这都发生在财政局长的
眼皮底下。"啊，我的心脏起搏器……"
他也模仿起医学的语言，

像囊括一切的二十六个字母。
老大偶尔也趁端茶送水贪污一盒
云烟。局长的眼中是上级、数字、
老百姓的裤腰带、大会发言和彩虹，

一盒烟的去向，语文教案的消失，
为《大堰河，我的保姆》留下的哽咽
"一次咳嗽，顶多是一次咳嗽。"
局长和整个眼神都挥动了向上的胳膊。

2　履历又一种……

在川北，从偷树的知青到

偷烟的秘书,老大否定了
许多岁月,枪毙了若干情感
包括河滩上的初恋,乡供销社

一间破房子里的初次性交,附带
两分钟不到的倒下和冷汗。
现在过渡到办公室中百分之五十
的可能恋情:要么发生,要么不。

就这样希望着,一边走进舞厅里
异性的腰肢,某个暗中的眼神
和夜总会的无袖啤酒……
老大没有忘记为女儿的成绩不佳

流泪。谈话。断绝父女关系的通牒。
却引来了妻子女儿的普遍抱怨。
老大用一声大吼止住了她们
也附带止住了生活的某些恶意——

这是老大的幽默,起源于少年时代
某个挨打的黄昏。母亲的竹竿响在
头上,就像多年后无望的爱情
和局长大人的不满。那么多的惊恐

造成了他安之若素的幽默
"啊，幽默，天神之光。"这是谁在
高叫？而老大只信奉早已漂远的
爱神。随着需要染洗才能变黑的

头发的来临，爱神退回到原先的位置。
老大每天无一例外地起床、吃饭
穿过从前的道路却拐进秘书的身份。
也无意中穿过了越来

越小、越变越老的爱神
……自己却从未发觉。

3　住宅……

从剑阁的公用住房，到绵阳私人住宅
的修建，老大贡献更多的是
争吵、斗殴、车票和迟到早退。
这需要更多的算计和胆量。

喜欢吃猪肚的人，却拥有一副干瘦的
身胚：这证明并不是吃啥就能
补啥。出于同样的道理，

更多的算计和胆量,并没有帮助老大

获得更多。他的公用住房不足五十
平米,和他的年岁相比
约等于一比一。年岁在增加
房子却顽固地保持原状。阳台上的

花盆,已无心再次开放。
后半生虚拟的幸福,全要靠绵阳的
房子来达成:到目前还只能说是
写在账簿上的希望。"欠账的希望,

就要醉倒在渴望丛中。
倒不如趁夜半下局残棋。"

4　语言中的老大……

面对所有事情,他都会说:"话是
现成的。"这让我想起了爱默生的
名言:"语言就是骰子,就看你
怎么扔了……"老大的语速很快

音响洪亮,每一个字都能击破一块

处女膜，只是缺少这样的机会。
啊，语言中的生活，超过了老大的
真实生活。在裸体的事实面前，

连局长都是无能为力的；面对父亲的
切肠手术，老大的音量陡然低了下来。
"现在我向局长汇报，我刚吃了
一碗面条……"语言中的老大让人捧腹

但不能让人捧碗。"我父亲是个
连醉酒都不敢的人……"又引起了
妻女的笑声。它传达了某种被称作
天伦的东西。也不是真理、教授

和白痴们能弄懂的。"曾经我也
……哭过。在河滩上，
在偷树时的黑山林里……"
这话我信，我也曾多次看见……

5　傍晚时分……

除夕的傍晚，不信神的老大
提着一筶纸钱、两根火柴上了

塔子山的公墓。那里有他的亲人，
其中有许多未曾谋面。但寄宿在

他的血液和语言里边。老大点燃了纸钱
嘴里念念有词。这是只属于他的
隐语，估计墓中人也不能听懂。
但他们纷纷保证说：听懂了。

同样的动作也发生在别的坟前。
老大转过身，横卧在山洼中的小县城
出现在眼前。新的一年又到了
人间的炊烟和阴间的炊烟

一齐冒了出来。老大看见了自己的
第一次痛哭，第一次挨打和最后一餐
袖着手，耸着肩，他向迎面而来的人
点头，以便在鞭炮响起之前赶回家中。

（1999年11月）

1992—2002

1　外公

这是我远离家乡的十年,其间
走过了山东、上海、北京、湖南……
我把别人用于审美的休闲之路,当作了谋生
之路,还自以为是在追求理想

十年间,我丢失了两个朋友,从此
再无联系;死了外公,从此再没有见面之机
从某种意义上,我不喜欢他
但现在,他让我格外想念。我不仅

继承了他的血脉,也继承了他的
坏脾气。他的傲骨我只继承了
少数几根,就足以让我活得艰难
和痛快。十年间,我一共梦见过他三次:

一次是要我给他买一瓶香油
一次是要我随遇而安,凡事不能强求
一次是告诉我说:"我已经死了

不要再来找我的麻烦。"我去过他的墓穴

在故乡的一个集体公墓
我烧了纸、焚了香、补磕了三个响头
小小的墓穴，怎么能安放他高大的身躯？
我在今年春节的雨水中，看见了他最终的

洞房，在那里，他彻底结婚了，把人间的妻子
孤零零丢在一旁，任她风烛残年
一步步老去。十年间，在所有令我
伤感的事情中，这是我最伤感的一件。

2　慢慢学会的事情

十年来，我学会了打麻将、跳交谊舞、
撒谎。还巩固了一贯喜欢的文字游戏
却没有学会蹦迪、网上聊天和十六楼上的
密谋。我放弃了初浅的押韵技巧

改为一些平庸的风景叫好。继续嘲讽
官样文章，不再为姑娘们的贞洁
担惊受怕，更不愿为历史打造贞节带或者牌坊
让堕落的堕落，我得遵从最基本的人道准则

我就这样边走边看，跑马观花地
掠过了许多的地方，却从未留下任何
痕迹，仿佛这个世界从来就没有过我
告诉你，这正是我慢慢学习着去接受的事情。

3　自嘲及其他

我学会了自嘲，学会了从虚拟的、不牢靠的
"因为……所以"句式之中寻找借口。
学会了说"再见""来玩""扯淡"
和"对不起"。渺小的生存经验，

支撑着我的小小十年。我用了十年时间
学习什么叫做败下阵来，我写下的速朽的文章
记录了这一切。它们发表在一些杂志的
边角巷尾，被少数几个暗中的同好

偷偷鼓掌。我慢吞吞地学会了
远离这个时代的基本技巧，躲在
无用的岁月中，骑车匆匆穿过暮色中的
立交桥，回到书房嘲笑自己的无用和渺小。

4　平庸的幸福

十年来，我认识了太多的人，结交了
两三个朋友，找了一个老婆。
她的爱我已当成家常便饭
她让我向东，我从来不敢向南

平庸的幸福，借贷而来的快乐
不足以构成我的人生。我设想过
更英俊的幸福、深入盲肠的快乐
我放飞了几个好梦，现在正躺在

路边的泥泞中。十年来，我屡次宣布
好运即将来临，坏脾气即将灭亡
但都未能兑现。我捏着这张出尔反尔的支票
暗自思谋着如何把余下的岁月花完。

5　住房问题

我换了许多住处，每次都是怒火万丈
最后无一例外总是心存感激
我住过朝西的房子，夏天奇热
冬天奇冷；我住过朝南的房子

太阳一探头我心情就好，就觉得
生活又有了目标。如今，我住在二十五楼
站得高，看得远，曾经丢失的几根稻草
我看得更清楚。但我依然看不见

躲在暗中的神灵。为了这套房子不太寂寞
我居然养了一只狗，老婆给它取名"琳达"
——这是姑娘时期的妻子
臆想中的女儿的名字。

6　告诉你

如今我以教书为生，以口舌之力
换取米面，让我惭愧不已。我夸夸其谈
仿佛掌握了真理。我真的掌握了
真理吗？因为找不到，

我一直在公开嘲笑真理。已经引起了
若干误解。仿佛我是一个真正的无赖。
从现在起，我要下决心相信真理的存在
只是它还在我目力所不能及的地方独自徘徊。

十年来，一切都变了：胆子

越来越小,路越走越窄。当年说过的许多
大话,让我心惊肉跳。告诉你:
如今我的工作只是清扫自己动作中的垃圾。

(2002年9月)

创世纪:给典儿

我把今天看作创世纪。
典儿,那是因为你,你明天到来的小学:
那么多的算术、语文和哭泣。
当年也曾让我痛哭。

那时,我跟你现在一样小:
我们五官相似,只是你和妈妈一样白。
那时,我在西河摸鱼,让你年幼的大姑兴高采烈
你是否在"梅所屯"村扯过苦菜?

我只想你在我身边撒娇,
不要长大,不要接触你的人生;
只想你说:爸爸笨蛋。
但我说的,你知道,全不作数。

我又在喝酒,你想罚款么?
你睡着了,不知道我在干什么吧?
你梦见明天早上八点半的小学么?

典儿,明天送你去学校,
我步行!
你妈妈骑车送你!

（2010年8月29日23点55分）

草，燕子

即使是最卑微的草，也在试图挣脱
地心引力，向虚无主义的夜空生长。
它确实有值得赞扬的
意志。何况它从不嫉妒展翅就能飞翔的
燕子；何况它甘于从命运中
汲取糖分、多巴胺和蛋白质。

即使是最卑微的草，也暗自羡慕
燕子将飞而未翔的
那一瞬。那是多么优雅的一瞬！
那是连叹息都配不上的一瞬！
那是一瞬后再也没有的一瞬！

即使是最卑微的草，也能率先觉察到
风的秘密、风的运势和风的善恶。
即使是最卑微的草
也有资格祈祷：

唯愿燕子滑翔时得到风的赞助

唯愿燕子将节余的力气，
用于倾听万物在夜间
发出的拔节声。

（2020年10月18日）

凋 零

君子居易以俟命。

——《礼记·中庸》

这是深秋的上午,阳光明澈,
照进了我幽闭多时的书房。

在所有形式的心境中,我选择
宁静。我有沧桑的口吻。
它不悲伤,只浸润
飘忽的心事——

比如:我正在默念的亲人;
比如:我琢磨很久,却未得其门而入的
山楂;
比如:一件隔夜的往事,拒绝向我
敞开小小的入口,让我无法
和曾经的场景再度聚首。
这都出自它微不足道的
善意。

现在，我干脆
站起身来。深秋的光线多么
清澈。它有醇厚的回甘
它从来不是二手的。它让
万物和我获得了一年中
最好的姿势和心态：
不急，不躁，安于凋零
安于被遗忘。

（2019年10月24日）

歌

我把三十多年前听过的歌
一听再听。我再次听见：
潮湿的心头发出了嗞嗞复嗞嗞的声音，沉重又轻微
像金黄色的银杏叶，带着仅属于自己的弧线
轻轻飘零，配得上被我暗自赋予的称号——
叹息的形象代言人。

此刻，我很欣慰地看见三十多年前
那个忧郁的少年。他趔趄复趔趄，
搀扶着失败、激情和一小滴使性子的露珠
他忍住了眼泪、委屈以及
体型狭长的理想主义，径直来到
被雾霾锁住眉头的今天。

今天，那些苍老的歌
在肱二头肌里响起
在股骨里响起
在腓骨、结缔组织和汗腺里响起
但它们更倾向于盘旋在我的头顶。

我举起双手做投降状——
亮出的腋窝是两个天然的喇叭
它们一唱一和
正在反复播送我三十多年前
反复听过的那些歌。

（2019年12月2日）

十三不靠

是不是只有实现了的,才更现实?
而凡是消逝了的,肯定永远消失了。
那些纸做的花,是否有资格嘲笑
没有资格做成花的纸?
把你不开心的事说出来让大家伙开心一下
真的能升华为一件舍身饲虎的事吗?
老人和小吃之间构成的修正比
确实很迷人;婚礼主持人用葬礼口吻
主持的婚礼,则极富预见性。
蒲公英射向紫云英的那束目光折射为
三束反光;白中的黑和黑中的白
喝了鸡血酒后,就结为了兄弟。
秃驴和黔之驴在相互作揖;
彼此和彼岸终得以彼此为岸。
强奸和强碱不期而遇,顿时
变作了抢建;一个无聊的人
仅仅是因为内心无料罢了。
而魏公村的阵阵秋风,不过相当于

四川土门村的某个人患上了
急惊风，却没有命中注定地
撞上他的慢郎中。

（2020年10月22日）

土门村,汉语

这是我曾经见过的落日中
最像落日的落日:从容、慈祥,温润如玉
正走向每一个生命日的终点,顺应于更高的意志
赋予它的命运。我看见土门村的落日

正在翻向山脊的另一面。众鸟起舞,给太阳的陨落
以庆典;也给它遵从汉语的教诲自动臣服于命运
以褒扬。当然,此刻的落日与其他落日一样,迥异于
旭日。初升的太阳倔强、执拗,像不服输的

孩子,视抗命为乐事;更为自己正在抗命兴奋得
面红耳赤。落日被汉语喂养,被汉语
润滑、舔舐;旭日跃马仗剑,更像雅典的勇士
远走天涯,个个都是逆命而上的普罗米修斯

在北京的街头看到落日的此刻,我五十岁;和我在土门村
看到的那轮落日相隔四十年。土门村的落日没能
让我联想到汉语、希腊、罗马和普罗米修斯
现在,我念及它们,仅仅是因为神情恍惚?

(2019年10月12日)

咸

懂得无须挂怀名利
已垂三十年；学会看轻生死
仅在区区数年之前。我经历过生，
未曾经历死，却长期

深陷于对死的惊惧。
我曾写下过卡夫卡式的格言：
"有人因为过于害怕死亡服毒长眠。"
现在好了：衰老一步步侵来

却内心澄明。我认定：每一天都是
好的；每一片落叶都暗藏
喜讯；每一朵光阴，那时间的阴面，都有
欢颜。我很快就闻到了

民大西路两旁的餐厅里（尤其是傣家饭店），
飘出的奇香：那就是我喜爱的咸鲜。
咸啊咸，生活的盐

咸啊咸,男女交欢①

一想起咸,我便自以为获得了
克服疼痛的风帆。
在名利和生死之后,唯有疼与痛
才是最后的难关。

(2019 年 12 月 24 日)

---

① 咸卦,上兑下艮,兑为少女,艮为少男,意为男女交媾。

一年将尽

洗去砧板上最后一点污渍,又是
一年将尽之时。那污渍
是给上学晚归的女儿做菜时
留下的瑕疵。

它不是污点,它不过是
生活的叹息,倾向于转瞬即逝
我在心中暗自唱了个肥喏,郑重地
为它送行。

它刚走,女儿的短信即来:
"我已到紫竹桥,你可以开始炒菜。"
无用的书生旋即分蘖为有用的厨师,
油盐酱醋、姜蒜葱花

爆炒、生煎和提色。
盛盘完毕,钥匙入孔的声音
响起,女儿像一阵轻风
吹散了她脸上冻僵的红晕。

一年将尽之时,餐桌上
有热气腾腾的回锅肉,还有
西红柿鸡蛋汤,像是唱给新年的
肥喏。

(2019年12月31日)

银杏之诗

Poems are made by fools like me,
But only God can make a tree.
诗是我辈愚人所吟，
树只有上帝才能赋。
　　　　　——菊叶斯·基尔默《树》

秋已深，天渐凉
每年如此，今年不得不如此。
银杏叶如期变黄。叶们脱离枝丫
在空中划着弧线，像叹息。

轻轻飘落地面时
银杏叶有难以被察觉的颤抖和
细微的痉挛，那当然是叹息的
尾音，倔强、不舍，却又甘于放弃。

从远处看，银杏的枝头
挂满了叹息；
细查五千年华夏史，银杏叶
乐天知命，倾向于消逝。

当你突然看到一棵秋天的
银杏树,你一定要说服自己
你是个有福之人。

(2020 年 10 月 21 日)

拯救者

我曾把最好的年华,委身和委弃于
愤世嫉俗。在阴暗的日子里,让我免于
崩溃的鸡汤是:人生无意义,但某些事情
对没有意义的人生有意义。比如:

读书,写诗,醇酒,没有妇人。
但最终拯救我的是汉语,是汉语的
仁慈、宽厚和悠久,但更是汉语宠幸的诚
王船山说,诚即实有。多亏了实有。

我正在去往超市的路上
心里头满是氤氲之气
看,沿途的店面多么健康
活泼、率性和乐观;梦境环绕在

它们的头上,对称于我日渐苍老的
心室和心房。我是说,我要去超市
购买这个季节刚下山的瓜果和蔬菜。

(2019年10月17日)

最小的事情

我一直做着人世间最小的事情,无须
背叛任何人以取悦于我之所做;我也未曾
被任何人出卖,因为我一直做着
人世间最小的事情。如今

我已到了极目之处尽皆回忆的
年纪,即使借我豪情和悲怆
也无法让我拒绝微风、落叶和
飘零。我少不更事时礼赞过的

山楂,和我一直做着的事情一样
渺小。但它毕竟有过红彤彤的
时刻,不似我数十年如一日地脸蛋黝黑
活像我做出来的那些最小的事情。

我来了,我看见,我不说出。

（2020年10月21日）

评 论

回忆八十年代或光头与青春

1. 大腿和脑袋

如果瓦尔特·本雅明（Walter Benjamin）"捕捉过去就是捕捉过去的形象"的教导是正确的，如果时代也有它自己的脑袋和大腿，那么，中国二十世纪八十年代的脑袋，无疑是由一帮自称"精英"的知识分子们代表着。他们是时代之头的肉体化版本。他们反对时代的梦游和恍惚性。的确，尽管他们营养不良，但仍然还是用尽吃奶的力气，称职地说出了时代之"头"想要思考和想要说出的话：为一个满目疮痍的民族与国家输入新的思想血液，在废墟之上努力重建一个民族与国家的价值和信仰。他们放眼观看，从现实到书本，从历史到现在，从眼下到未来；他们开动了每一个脑细胞，把思绪伸向了时代的大脑之中，并和时代之头达成了共振。然后，他们说出；然后，他们集体逃亡。"画图临出秦川景，亲到长安有几人？"就这样，他们把八十年代留在了身后，也将它变作了专供我们凭吊和回忆的历史与遗迹。

而八十年代的"大腿"毋庸置疑则是由另一帮"没文化"却更为激进、更加血气方刚的青年人代表着。他们宣称自己"反文化"。他们以打、砸、抢的方式，挥霍自己的才情和力气，吼叫着自己的愤怒，时而痛苦不堪，时而放荡不羁，时而嬉皮笑脸，时而又龟缩在自己的皮肤里。他们把时代隐藏起来的，还来不及伸展、蹬踢的大腿给现实化了。与此同时，他们既反对时代之头，又反对时代之腿，同时也反对自己。他们和生活打架，也和时代斗殴。诚如李亚伟所说，他们是莽汉，是泼皮，也是英雄。这伙一时间找不到对手就把自己或自己的影子当作对手的家伙，无疑是八十年代最奇特的风景之一。

对一个经常处在大变更之中的国家和民族，时代将是最重大的主题，也是最打眼的问题。因为经常性的变更带来的剧烈震荡，使得一个时代还未充分完成自己，另一个时代已经迫不及待地赶往前台，或高声吼叫，或悄无声息，要着手将前一个时代扫地出门。如同扫帚和灰尘的关系。在经常性的大变更中，时间、时代始终是变更本身的同盟，这使得变更之中的所有时代都显得同等重要：它们都是一个个未知目标的枢纽和过渡。时间向来就没有固定的、明确的目标，但时代却有它特定的内容和要求，尽管它从来就不能成为有目的的历史。对于八十年代，如此的头和腿都是它所需要的，因为如此的头和腿，充当了八十年代自我表达、自我成长以至于自我完成的最佳工具。虽然它很快就被另一个新兴的时代取缔了。

头摇身一变成为嘴巴，或者它按照自己的需要有意识地凸显了嘴巴，替时代说出了它自己的主题。它把时代之头无声的冥想给声音化了。八十年代对于自己的脑袋来说，无处不是巨大的广场：脑袋躲在暗处，纵容自己的代表们在大江南北、黄河上下、长城内外，用他们表达头颅的庄严嘴巴，到处宣讲自己冥思出的成品，教导、唆使和引诱了集中在广场上的整整一代人。时代之头占据了要塞。与此同时，时代之腿也躲在暗处，像看不见的荷尔蒙，像隐藏在群众队伍中的阶级敌人，在纵容它的代表们四下跑动，直到把脚印变作他们的传单。玛格丽特·米德（Margaret Mead）描述过的情况在这里依然有效："全世界的学生暴乱使他们与其40岁上下的父母们分道扬镳了。他们以全新的眼光对他们的所见所闻进行思考和判断，去审视一个以前从未有过的世界。这是一个全体青年人同时踏入的世界，不管他们的国家如何古老，如何不发达。"李亚伟代表那些"腿"们说出的话，比米德对西洋鬼子的描述要来得更加具体，当然，也更加痛快："我行遍大江南北，去侦察和卧底，乘着酒劲和青春期，会见了最强硬无礼的男人和最软弱无力的女人。我打入了时间的内部，发现了莽汉主义没有时代背景也没有历史意义，英雄好汉也没有背景和意义，美女佳人也没有背景和意义，他们只是一种极端的搞法，对庸夫俗子、丑恶嘴脸和平凡生活反他妈。只是这种搞法是彻底和天生的，使我在涉川跨河、穿州过府的漫漫长路上一直感到一股刺鼻的劲儿！"——当然，倒更不如说是青春和粉刺的腥味，是教育引发出来的反向的"臭味"。

因此，头指向的始终是广场，是人民，是人民待洗的脑袋，尽管八十年代的大脑因为自身的营养不良，也有着强烈的梦游特性；腿听从了八十年代内部发出的峻急号令，却挥戈直指城市最肮脏的角落、乡村最没有诗意的田埂、车站、渡口（由于贫穷所以不包括飞机场）和一切可以用于撒野的地方，指向了自己的双腿，双腿带出来的快疾速度以及它弄出来的巨大声响。马塞尔·雷蒙（Marcel Raymond）曾经告诫另一群时代之腿和它的代表们说：放慢你们的脚步，记住时间的停顿吧。在过去与未来之间，自我不再被夹得像个疯狂的罗盘，你看："现在站住了脚，流入灵魂，而灵魂也不再受他的尖刺的折磨了。"这无疑是上好的景致。可李亚伟号召大腿们——

当然也号召他本人——要充满快意地弄伤自己的肌肉,在暂时找不到敌人的情况下;而诗人马松,众多大腿中那条比较短小的大腿,大吼着否决了雷蒙的建议,也否决了八十年代的教育诗:老子们——

> 以前选择不过来
> 现在是标本
> 然后要变成寄生虫
> 我们蹲下我们跳起来
> 把见不得阳光的角落一脚踢出体外
>
> (马松《杀进夏天》)

……八十年代适合回忆,也只能回忆。无疑这是一种忧伤的回忆,也是关于忧伤的回忆。事隔多年后,李亚伟代表倒退着"改邪归正"的腿们,说出了不无感慨的话:"如今,这些诗人均已年过30,分居各地,娶妻养家,偶尔见面,颇有些生活中的过来人和修身、齐家的衣冠味儿,一边感叹虎气和青春的流逝,一面翘首思考着成熟和原则,神态犹豫而又狡诈。"……八十年代就这样只好存在于记忆之中,遥远得像地狱的磷光,像他乡到故乡的距离,像病人和医院之间的航程,也像花蕊与果实之间的漫漫长路。

2. 青春,力比多

正当时代之头的各类肉体版本,梦游一般行走在广场上,对聚集在那里的人民进行宏大的启蒙教育时,不安分的腿们也跑动起来了。时代之腿变作了李亚伟、张小波、万夏、郭力家、马松、胡冬……，以及他们的各种变体、变种和亚种。他们不需要时代之头对他们进行"启蒙"，他们有自己的启蒙导师：青春和过于旺盛的力比多（Libido）。圣-琼·佩斯（Saint-John Perse）说，啊，伟大的时代，我们来自大地上的每一处岸边。我们的血统属于古代，我们的颜面无以为名。而时间早就知晓我们曾经是哪一类人（圣-琼·佩斯《年代纪》）。的确，仿佛是在一夜之间，这伙人就从时代的各个角落，从历史的每一处暗影里冒了出来了。——李亚伟说，这些毛头小子个个都像当好汉的料，大吃大喝和打架斗殴起来如同是在梁山泊周围，毛手毛脚和不通人情世故更像是春秋战国中人，使人觉得汉、唐、宋三朝以后逐渐衰败和堕落的汉人到如今似乎大有复辟当初那种高大、勇猛的可能。他们呼朋引伴，四处出击，聚众闹事，把八十年代弄得呼天抢地，也让广场上的各类牧师——不管是来自左边还是来自右边的牧师——痛心疾首。他们向时代大喊道："我来了／和大蜥蜴翼手龙一起来了／和春秋战国／和古代的伟人跑步而来／世界、女人、21岁或者／老大哥老大姐等其他什么老玩意……"（李亚伟《二十岁》）在力比多粗暴的指引下，他们对脑袋进行了调笑，也和所有40岁以上的老大哥、老大姐等等老玩意分道扬镳了。——诚如米德所说。

他们全身上下都是力比多，借用李亚伟的句式，他们就是行走着的装满力比多的"高脚酒杯"。力比多既是他们大腿的发动机，也是他们本身。在八十年代的暗中怂恿下，青春就等同于力比多。——这点道理在此来得更加正确无比。因此，他们的大腿、跑动、卧底、侦察、打斗，全依靠自己的本能。青春就是由这伙人的本能踢踏着的舞台，而八十年代也为青春提供了这样一个可以用于梦游的游乐场。在八十年代的广袤背景下，场景、背景在这伙人那里后退了，凸现出来的永远只是大腿。而快速带动他们奔跑的大腿也等同于力比多。

这是一伙流氓无产阶级，按照格拉尼埃·德·卡萨纳克（Granier de Cassagnac）《无产阶级与资产阶级的历史》的话说，他们无疑构成了一个亚人类阶层（Sub human）——想想他们和八十年代的精英知识分子之间的差别吧——是由盗贼和妓女交配产生出来的。而盗贼和妓女永远指向的总是像鲤鱼一样活蹦乱跳的力比多。相对于八十年代，尤其是八十年代的脑袋和它的代表者，这伙人也是魔鬼，是勒美特尔曾经定义过的那种魔鬼：一方面是万恶之源，另一方面却又是伟大的被压迫者，伟大的牺牲者。正是这样，那条在极其偶然之间被命名为"张小波"的大腿，才准确地说到了他（们）自己：

我们向这个世界租了我们自己

付给它钱，然后归还

手臂垂下来

飞鸟的巢穴被鳖霸占

它们都死在途中

飘回来的羽毛是一种声音。就是这样。

（张小波《闪电消息》）

他们不属于他们自己，他们只是一笔偶尔漂到他们手中的赃款，是世界和时代的出租品。他们是牺牲者，是被压迫者。李亚伟在跑动中无奈地说过："我们仅仅是生活的雇佣兵 / 是爱情的贫农。"（《硬汉》)他们毋庸置疑属于这个时代和世界,但反过来说也就毋庸置疑地不正确了。有趣的是,正是基于这个原因,他们才把双腿弄成了惊叹号,以倒栽葱的方式一头扎进了时代——既然它不属于自己,就先狠狠地弄一弄它再说。马松写到了四季、鸟、草、树木、历史、古物,而这些被他一股脑儿随意抓来的似是而非的东西,全部变作了粗暴的、快速游动的精虫:它们奔跑、撕咬、斗殴,为的是第一个射向那唯一的卵细胞——至于这个卵细胞究竟意指什么,就不大清楚了(参阅马松《砸向秋天的话》《我们流浪汉》等诗作)。李亚伟几乎是以迫不及待的语速高叫道:"我也是一个开飞车的人!驾驶诗句、女人以及驾驶自己的性命因为年轻和车技不高而累累发出尖啸,带起尘埃一脚踩住。因为我碰到了阻碍和险境,我要调换方向,因为我看见了酒店、河流和星辰,我要驻足流连,我原地打转儿或是倒车,像被弄痛了一样从邪恶的地方缩回来,我被假象搞蒙了,我被错误吓坏了,但这并没有使我不知所措,感谢急刹车,它使我避免了葬身意义和风格,它使我仗着性子超过了浅尝辄止的境地。我一边倒车一边在心里想着没准儿要熄火,但一切还好,我说,这车还真他妈顶用。"当然,在互相纠缠和充满矛盾的跑动过程中,他的腿、他的力比多也真他妈顶用!他的青春也真他妈顶用!那些在并不表征任何意义和价值的力比多的指引下的流氓无产者,那些大腿和魔鬼们,就这样,以特有的"莽汉"方式展开了自己有限的人生、嚎叫和暴乱。

力比多是浑浊的,它永远都指向暴力和促成莽汉。所谓"莽汉"也者,就是丧失了方向感的随意高叫。在方向不明的途中,却又恰恰意味着到处都可能是方向。他们成了无头苍蝇,用迂回包抄的游击战术,挥洒着青春,却并没有任何固定的目标。青春本身就有着随意游击的严重性。当八十年代已经成为过去,李亚伟在回忆中深有感慨地说:那时,我们的荷尔蒙在应该给我们方向的时候却正在打瞌睡。因此,"我到底去哪儿你管不着/我自己也管不着"(李亚伟《给女朋友的一封信》)。荷尔蒙的如许特征,使它导致出的众多结果之间存在着相互矛盾的、含混的、出尔反尔的性质。还是李亚伟揭示了莽汉们左腿向右腿使绊子,右脚踹向自己左脚的悖论境地:

我有时文雅,有时目不识丁
有时因浪漫而沉默,有时
我骑着一匹害群之马在天边来回奔驰,在文明社会忽东忽西
从天上看下去,就像是在一个漆黑的论点上出尔反尔
伏在地面看过去,又像是在一个美丽的疑点上大入大出

(李亚伟《寺庙与青春》)

方向感的丧失正是八十年代青春期典型的修辞现象之一。方向感的获得永远来源于脑袋,而腿只是将方向感化作现实的工具。当青春期在逆反心理的催眠作用下,把双腿既当作工具又当作目的时,方向感的丧失就是必然的事情。有意思的是,八十年代的脑袋往往指挥不了它自己的大腿——这一点和实利、实惠、势利的九十年代遇到的情况完全不同——因为青春期(力比多)的暴力与挥霍倾向有着更为强大的力量。因此,青春期的修辞现象也具有了强大的威力,它把李亚伟引上了危险的急刹车道路,让马松四处踢踏(马松《砸向秋天的话》),让张小波到处乱咬(张小波《人之路》),命令

郭力家渴望流血的特种兵（郭力家《特种兵》），唆使胡冬乘上一艘慢船到巴黎去（胡冬《我想乘上一艘慢船到巴黎去》）……而此时此刻，此情此景，大腿永远都是第一位的。

3. 教育

正当一个古老的民族从长久的自我麻醉中苏醒过来之后，由于多年来教育事业的巨大失误，使得八十年代进校的大学生——他们在那时被称作"天之骄子"——一方面严重饥饿，另一方面却是教师素质的极端低劣，以至于让"天之骄子"们食不果腹。李亚伟直接把"不学无术"的判词献给了他的老师们。在一次酒局上，他曾对我说，当年他在外国文学试卷上随便杜撰了一个外国作家的名字，而判卷的老师却不敢认为不正确……教育曾经欠下的债务，莽汉们的行为早已证明了，那绝不是一代人能够还得清的。

饥饿的大腿们不是不想成为时代之头的肉体版本——这不符合八十年代的整体背景，而是那些不学无术的教育者弄出了一些滑稽的、荒唐的、似是而非的"知识"，来喂养这些胃口极好的大腿。错误的饭菜要么培养出错误的面孔，要么败坏健康的肠胃。难怪伊拉斯谟（Desiderius Erasmus）在描写"愚人舞"时，让似是而非的"学者"们占据了很大的位置。这样的知识明显有一种愚蠢的疯癫性质。老掉牙的说教、发霉的"文学规律"、腐朽的讲义，构成了八十年代大学文学教育假冒知识身份的荒唐嘴脸。苏珊·朗格（Susanne Langer）曾在某处说过："知识没有过错。问题是：什么样的知识。真正的知识可以解放人，它使人接触现实，使人看到事实的真相，使人接触自己的时代、自己的良知。这样的知识应该为人们所共有。"而在八十年代的语境中,知识的过错是一些号称掌握了"知识"的不学无术之人强加在知识之上的。我敢说,这一问题直到今天仍然没有得到应有的解决。而这同样是几十年来荒唐的教育的罪过。

李亚伟说,如果有朝一日他写回忆录,一定会骄傲地宣称,他一生中最得意的事情就是大学四年逃课达三年以上:因为"文学教材的枯燥无聊和中青年教师的不学无术到了让求知欲强的学生避之唯恐不及的程度"。那些似是而非的"知识"只能把大腿们引上邪路;如果它有能力使大腿变作脑袋,最终也是一颗有病的脑袋,如同一颗有病的鸭梨。"我的手在知识界弄断了。"(李亚伟《给女朋友的一封信》)李亚伟呻吟着说。这伙人因此渴望在力比多的指引下走出该死的中文系,"走出了大江东去西江月"(李亚伟《硬汉》);或者只好阳奉阴违地在古汉语课上写情书,试图以横冲直撞的力比多来冲淡腐朽的"知识";为了躲避这种可悲的教育,他们宁愿当个身强力壮的蛮夷,也不愿意做出学贯中西的样子(李亚伟《毕业分配》)。

正被青春期的修辞现象(失去方向感)弄得躁动不安、痛苦不堪的毛头小子,急需要明确的方向时,教育不仅没有能够给予他们正确的道路和驿站,反而是想以自己的荒唐、错误和愚蠢,去切割、规范力比多,妄图使它走到一条大有来历的老路上去。应该说,教育大部分地达到了它自己的目的。教育始终认为,力比多是一种疯癫现象,而它自己则是纪律和法则。按照福柯(Michel Foucault)的讽刺性看法,当人放纵自己纯粹的力比多时,他就与世界隐秘的必然性面对面了;出没于他的噩梦之中的,困扰着他的孤独之夜的动物就是他的本质,它将揭示出地狱的无情真理;那些关于盲目愚蠢的虚浮意象就是这个世界的"伟大科学"(Magna Scientia)。八十年代的教育诗就是按照这样的戒律对力比多进行了围剿;而力比多也按照这样的模式,在那伙被称作"莽汉"的家伙们身上发挥了威力:他们拒绝接受有病的教育。对于这种有违青春期修辞现象的拙劣教育,诗人柏桦曾经有过上好的抒写:

家长不老,也不能歌唱
忙于说话和保健
并打击儿童的骨头
……但冬天的思想者拒受教育
冬天的思想者只剩下骨头

(柏桦《教育》)

长期以来,我们的教育不过是要让人四平八稳,在既定的轨道上滑行,做一个平庸的、在各方面都没有任何鉴赏力的好公民。而毫无方向感的力比多必然是惨遭删刈的对象。的确,正如我们所知,在教育的轮盘赌中,力比多变质、变酸了。但八十年代的部分大腿们、那些被教育的无能嘲笑过的大腿们、那些根本无法如此这般忍受"知识"的大腿们,幸运地拥有了新质的力比多;当然,八十年代中国特殊的历史境遇,也为新质的力比多提供了试管,它允许它沿着自己的轨道疯狂前进。——尽管这个试管无论是容积还是体形都相当有限,却无论如何构成了过来人回忆和怀念的对象。

因此,在八十年代之"头"大肆宣扬知识就是力量时(其实他们中的许多人也搞不清楚，这样的"知识"会带来什么样的方向感），这伙被称作"天之骄子"、被时代之头寄予了无限希望的家伙们，却在青春期的修辞学的指引下，完全丧失了方向感。他们横冲直撞，最终摆出了一副反知识、反文化的桀骜架势。李亚伟说："因为大伙都才20岁，年轻、体壮，也许因为八十年代初的文化背景，应该批评和自我批评一起上，在跟现有文化找茬的同时，不能过分好学，不能去找经典和大师、做出学贯中西的样子来仗势欺人，更不能写经典和装大师，要主动说服、相信和公开自己没文化。"面对此情此景，以文化授受为使命的教育，当它充分显示了在力比多与青春期面前的彻底无能，眼睁睁看到大腿们一个个都变成了"无恶不作"的莽汉时，它要不要长叹一声呢？

4. 诗歌

"莽汉主义"植根于青春和力比多，也植根于教育的反动性。莽汉主义的新质力比多和腐朽、板滞的教育，构成了一种可笑、可悲的正比关系：教育的腐朽与板滞性越严重，力比多的威力也就越大。它们之间的关系遵循着牛顿的作用力和反作用力定律。这真是一个引人入胜的力学现象。莽汉主义者也由此修改了弗洛伊德（S. Freud）的性欲升华学说：如果他们写诗，不仅是要把力比多释放在语言中，而且是还要原生态地释放。这显然构成了莽汉主义诗歌中的打、砸、抢行为。但他们也忠实地实践了弗洛伊德主义：力比多果然"升华"（倒不如说是直接爆炸）成了分行文字，而且这些文字就是他们的"白日梦"。在此，莽汉主义诗歌就等同于丧失了方向感的"梦游"（李亚伟：莽汉主义不仅是诗歌，更是一种生活方式）。而梦游的发动机永远安放在暴烈的力比多之中。按照德国医生海因洛特（Heinroth）半人类学半宇宙学的意见，具有疯癫性质的力比多就是人身上晦暗的水质的表征。它是一种晦暗的无序状态、一种流动的混沌，是一切事物的发端和归宿，是与明快和成熟稳定的精神相对立的。莽汉主义诗歌中的黑李逵作风，有力地证明了那位德国医生的精彩分析。

莽汉主义诗歌就是对力比多的直接引用，它是力比多的直接引语。莽汉主义诗歌对力比多的引用是整体性的，这和学术上的引用完全不一样：后者只引用于自己有利的观点和文字，它永远只是局部的、断章取义的，往往是经不起全盘考究和追问的。莽汉主义诗歌对力比多的引用是一种直接性的引用，和大批判文字转弯抹角的引经据典完全不同：后者拉虎皮为大旗，只是为了在臆想中打倒臆想的敌人，是在乱舞花枪之中陡然的图穷匕首见，是为了假想中的见血封喉，有着浓厚的间接性；而力比多并不能构成莽汉主义诗歌的坚实屏障，也不能成为它的虎皮大旗，它的肉体性质构成了莽汉主义诗歌的界限和疆域。一旦越过了这个疆域，力比多就和莽汉主义失去了直接的关联，莽汉主义也就不存在了。这约等于说，莽汉主义诗歌永远被限制在肉体的范围之内。而梦游从来指的就是身体，它是对力比多进行直接引用后必然的和现实的产物。李亚伟大声宣布道："捣乱！破坏！以至炸毁封闭式或假开放的文化心理结构！莽汉们老早就不喜欢那些吹牛诗、软绵绵的口红诗！莽汉们本来就是以最男性的姿态诞生于中国诗坛一片低吟浅唱的时刻！"话已经说白了：写诗、诗歌只是力比多和青春期的副产品而已。它是青春内部的换气现象；从某种意义上说，它也是青春的拯救者，是青春的救命稻草，它避免了青春可能引起的自我爆炸。

莽汉主义诗歌当然也是对八十年代隐蔽之腿的直接体现。恩格斯曾经表达过这样一个观点：历史总是在必然性中前进的；在必然性终结的地方，也正是历史完蛋的处所。但历史肯定不仅仅只有符合因果关系的必然性，它还有着自身内部的悖论性质：既有理性的脑袋，也有非理性的大腿——正如我刚才所说。而且脑袋往往不一定指挥得了大腿，正如一个强奸犯，他的脑袋明知道如此这般是没有好下场的，而在力比多的指引下，大腿总会梦游一般把他带往有女人的地方，从而引起饱具快感的犯罪。力比多的核心定义之一就是追求身体上的广泛快感。历史和时代也有自己的快感原则和对快感的渴望本性。追求狂欢化恰好也是时代的癖好，人不过是帮助它完成了这一愿望而已。这是因为历史和时代也有它们自己的力比多。就这样，莽汉主义者的力比多与八十年代内部的力比多很偶然地吻合在了一起。正是在此基础上，李亚伟、马松、刘太亨、胡冬、二毛、梁乐等人（也包括被李亚伟等人看作是"一拨人"的张小波、郭力家），才有可能直接引用和自己的力比多有着同样频率、波段的八十年代内部的力比多，并把它们最终体现为脚板乱翻的大腿。莽汉主义和莽汉主义者就是对八十年代内部的力比多的正确表达，莽汉主义诗歌也是八十年代内部的梦游的语言体现。写诗、诗歌本身就是梦游，是梦游在文字上的现实化。

也许是非常巧合，八十年代本身的梦游特性，被莽汉主义者很偶然地发掘出来了。我相信，这在莽汉主义者那里，肯定是无意识的和不自觉的；他们也许并不知道，自己都干了些什么更有深意的事情。八十年代本身的梦游是铺天盖地的，甚至那些时代之头的肉体版本也只是在梦游中思考，或者在思考中梦游——他们写下的文字，在今天看来有着明显的呓语特性。那真是一个全民做梦的时代，随处都有可能是时代的方向，而处处也都可能是死胡同。事实很快就证明了这一点。八十年代是古老中国迟到的青春期，它所具有的青春期的修辞特征，和莽汉主义者青春期的修辞现象有着惊人的一致性：八十年代的荷尔蒙也正在打瞌睡。那也是一个"诗歌不够写的时代"，"命不够活的时代"（李亚伟语）：青春，时代的青春和个人的青春在等待新的相遇，渴望新的交接。他们一拍即合了，像两个幸福的狗男女。而对于一个梦醒之后的时代和梦醒之后的个人，梦游无疑是值得回忆和怀念的。因为它直接构成了我们生命中的黄金岁月，是我们贫瘠的中年和老迈的暮年的反讽与嘲笑。我们极其需要这样的嘲笑。当然，此时此刻，诗歌本身更是一种典型的青春期现象：

我早就决定了
和20岁一起决定了，和我的钢笔投票
一致决定了好死不如赖活
明天就去当和尚剃光头反射秋波和招安
我要走进深山老林走进古代找祖先
要生长尾巴，发生返祖现象
要理解妈妈的生活
要不深沉，不识时务
要酒醉心明白

要疯子嘴里吐真言

（李亚伟《二十岁》）

我们仍在痛打白天袭击黑夜
我们这些不安的瓶装烧酒
这群狂奔的高脚杯！
我们本来就是
腰间挂满诗篇的豪猪！

（李亚伟《硬汉》）

"腰间挂满诗篇的豪猪"，把莽汉主义诗歌和莽汉们的青春期连接起来了；这是一个准确到位的意象，它表明了梦游的方式、特征和粗暴的感叹号形象；它宣告了莽汉们的浪游、浪游途中的饥饿，也画出了时代内部的恍惚特性。他们就这样和迷途的八十年代一起上路了。

5. 流浪

著名酒徒、法兰西同性恋者、天才的诗人兰波写下了一句不朽的名诗："生活在别处。"这同样有关乎青春，但它不是青春的故事，它只是青春故事的一句引言。在这句引言后边，青春的众多故事早已揭竿而起，而青春的故事首先是一支流浪军团的故事。"豪猪"们也证实了一个亘古不变的规律：青春是在流浪中完成的。青春推崇流浪。而这种流浪往往又先天地丧失了方向感。这一点倒和历史很相像。海德格尔讲过，历史的本质空间就是迷雾。这毋宁是说，历史就是最大的流浪者，是集体的流浪。这显然涉及流浪的方式：原地踏步的流浪、号称有明确目标的流浪、在循规蹈矩之中的流浪。但无一例外总是没有方向感，总是充满了迷雾。流浪和梦游是时代的真正潜意识，是历史深处奔涌不息的力比多，并充当着那只看不见的手，指挥我们的行动，而我们却并不自知，反而和历史一道对此拒绝承认，正如C.米沃什（Czeslaw Milosz）曾经咏颂过的：

在恐惧与颤抖中，我想我才能结束我的生命
只有在我当众忏悔
在揭穿我自己和我的时代的虚假之后：
我们被允许在侏儒和恶棍的舌尖上尖叫
但不允许喊出纯正而又慷慨的词语
在这种严酷的刑罚下哪个敢宣称
他自己是个迷路的人。

（C.米沃什《任务》）

莽汉主义者在普遍的饥饿中恰好对应了八十年代的潜意识，他们是八十年代的潜意识挑选出来以便代替它完成自己的大腿和大腿的快速奔走。李亚伟根本就不顾历史和时代羞羞答答对此的拒绝，早就领悟了这中间的含义，他的青春期本能早就教导了他，使得他甚至希望用"鸟钱"修建一条长长的道路以供他流浪（李亚伟《给女朋友的一封信》）——和有着形而上性质的青春期的流浪比较起来，号称"金"钱的东西的确只配得上"鸟"字。

八十年代的潜意识假借青春和青春的修辞学，怂恿一部分人成为莽汉主义者。八十年代的潜意识把青春当作长枪和大炮来使用，它永远是青春暗中的司令。不管李亚伟和他的同志们是否体察到了自己的被支配地位，反正他倒是很早就在这么干了，请看他的十八岁吧：

十八岁这一天
我东倒西歪地走了很长的路
从这一天起
路永远是东倒西歪的了。

（李亚伟《十八岁》）

这种路永远只配青春用来闲逛，它东倒西歪的特性，和梦游的内在音色有着惊人的一致性。成长的道路就这样被八十年代的特殊历史境遇给提供了出来。李亚伟上路了，在上路之前，他没有忘记要向起点告别——"告诉那些嘻嘻哈哈的阴影"，"告诉那些东摇西晃的玩意儿，我要去北方"；而他的目的却十分奇怪："我要到很远很远的地方，/ 去看看我本人 / 今儿个到底怎么啦。"（《进行曲》）李亚伟说出了一个"真理"：自己在远离自己很远的地方！自己在自己之外！这不仅仅是兰波所说的"生活在别处"，更是一种丧失了根基的现实境况。自己在远方，需要自己经常去拜访、探问，这是青春的另一种修辞格。但八十年代在李亚伟失去根基之前，已先在地丧失了自己的根基。如此的莽汉和如此的时代相和合，其运算的结果只能是：八十年代不可能给李亚伟等人提供坚实的底座。——想想时代和历史的梦游特征也许就不难理解了。李亚伟本能地说出了他的结论："南方的树很多 / 但不能待在一块儿 / 因为它们有根 / 有根的东西就不容易去看朋友。"（李亚伟《南方的日子》）而这个朋友与其说是别人，毋宁说是身处自己之外的另一个"我"，如同"I"的朋友永远只能是"Me"一样。这实际上表明了，李亚伟以及他的莽汉同志们之所以要四处踢踏，就是因为根基永不存在。根是一种乌托邦，它或者存在于天空，或者植根于地面；但无论在哪里，事实早已证明它们的居所是臆造的。毕希纳（Georg Büchner）嘲笑说："您看，这是一个美丽、牢固、灰色的天空；有的人可能会觉得有趣，先把一根木橛揳到天上去，然后在那上面上吊……"马克思在《路易·波拿巴的雾月十八日》里，也讽刺了那些试图在天上和地上寻找本根的荒唐举动："苍天是刚才获得的小块土地的不坏的附加物，何况它还能创造着天气；可是，一到有人硬要把苍天当作小块土地的代用品的时候，它就成了一种嘲弄。"是啊，整部人类史就在证明我们的失根性，历史和时代在它们自己的潜意识的指引下，从来就不存在一种叫做方向和目标的东西。就这一点而论，李亚伟加入了由毕希纳和马克思等人组成的长长的队列之中。

在毫无方向感的流浪途中，青春随处都充满了饥饿，由于"精神体能"上的原因，它需要偶尔的停顿和换气。如同深海之中的鲸鱼，之所以要在海面弄出高大的水柱，是为了更好地在大海之下寻找浪游和浪游所需要的能量。李亚伟也有自己的换气现象。因为他的肺活量尽管很大，还没有达到能让他一生只呼吸一次，就可以走完全部人生的程度。因此，李亚伟在急促的走动中，偶尔也会放慢流浪的节奏，也会想到旧时的意境和才子情怀，缅怀着古旧的流浪和流浪者，一方面试图区分他们的流浪和自己的流浪之间的差异，一方面也试图在对比中获得休息，获得来自遥远同类处的鼓励。他是在走动之中展开自己的休息的。而处在休息和换气状态中的李亚伟写出了非常不那么"莽汉"的诗歌,它们充斥着腐朽的事物、意境、情怀,也充斥着老掉牙的意象。但它们和一个高叫着的流浪者的身份是吻合的。歇息状态中的莽汉李亚伟显得格外温良、谦顺。但换气现象永远的指向却是继续大吼着漫游、流浪,并誓死要把这一革命事业进行到底。是的,换气很好地表达了这一决心。他的杰出组诗《野马与尘埃》就是这种短暂换气与休息之后的猛烈冲刺:

他要去渡塔里木河
……
这样的人翻过了天山
像是一心要为葡萄干而死,我管不了他
他纯粹不需要自己,只想利用自己渡河
红花在天山里开了又开
他又骑了一匹含情脉脉的马
这样的人,正是我的兄弟
渡河之前总来到信中

(《野马与尘埃·天山叙事曲》)

……青春是易于流逝的阶段。相对于八十年代,莽汉们是终将要老去的一代;但相对于时代深处的潜意识和力比多,总会有新的青春补充上来,以他们毫无方向感的流浪和梦游,承担来自历史和时代深处的命令。在组诗《航海志》中,李亚伟写到了许多遥远的地方,但它们不是他的大腿能够走完的,它们只存在于想象之中,充当着青春期流浪行为的未竟事业。当李亚伟在这组诗中仍然声嘶力竭地吼叫时，我们却从中听出了暗含其间的某种苍老音色。这预示着他就快要走完他的青春期了，他已经知道了自己的大限：尽管还有很多没有去过的地方，尽管还有很多流浪方式还来不及施展，但青春本身却开始退色，让他进入了无聊的中年。到了这时，单凭流浪途中的换气和休息，已经没有任何作用。新的时代身上古老的力比多和潜意识，注定要在莽汉们之外寻找新的青春。

6. 饥饿

这一切都和饥饿有关。对于时代之头的肉体版本来说，他们的嘴巴是替时代说出它想说出的话；这样的嘴巴庄严、神圣、带有普遍的光环。而对于时代之腿的代表们，嘴巴的功能仅仅是表达了饥饿。应该说，时代之头的肉体版本们的营养也并不是很充足，他们是被时代挑中的人，有着赶鸭子上架般的滑稽性：他们说出的言辞，带有十分明显的营养不良的神情。他们自己也面带菜色，只不过人民的菜色更深。因为精英知识分子们担负着宏大启蒙的艰巨任务，他们嘴巴上的动作仅仅是吐出——吐出关于启蒙的言辞，把话语流倾泻在广场上的人流中，使他们被教唆、被教育。而大腿们的嘴巴在动作上却要复杂得多，它既要吐出，又要吞吃：

我读着雨中的句子在冬季的垂钓中寻死觅活
旋即又被粮食击碎在人间

我从群众中露出很少一部分也感到饿

感到歉收和青黄不接

只有回到书中藏头露尾，成一种风格

（李亚伟《饿的诗》）

声嘶力竭却又中气不足的精英之声刮了过来，而大腿们却走开了，因为他们一开始就感到了饥饿，他们要在流浪的途中去寻找食物！他们是一群在食物的沙漠上寻找食物的困兽！情况已经十分明显，那些精英们苦口婆心的劝导并不能充当果腹的食物，更不用说这其中本来就充斥着的似是而非的知识、具有疯癫性质的说教以及带有梦游特征的教育诗了。莽汉们需要的是粮食，能把他们击碎在人间的粮食。据说李亚伟写过一句"名诗"："树上长满了卤鸭子。"在一个饥饿的梦游者那里，树上当然不仅有卤鸭子，还应该有一切可用于嘴巴来吞吃的东西。这就是一个流浪者、一个梦游者充满眩晕的心理学。

吞吃是饥饿引起的惯性行为；而饥饿才是青春期的普遍特征。不管怎样，饥饿最起码表征了肠胃的健康，它暗含着积极的表情。八十年代从根本上说就是一个饥饿的时代：一方面它没有准备足够的食物提供给青春期的肠胃，它只让青春期吃了个半饱；而对于那些张牙舞爪的莽汉，半饱比一点也没吃更加严重。另一方面，时代本身的饥饿又必须要挑选一些人来分担、体现它的饥饿。现在我们知道了，它挑中的人就是"莽汉"。而"莽汉"，按照李亚伟所说，只是群众中暴露出来的一小部分，更多没被挑中的基本群众却被掩盖了。那正是时代和历史最残忍的部分之一。

这是因为莽汉们有着基本群众所没有的高音量：他们在大口吞吃时，也在大声吐出——他们在流浪的途中，大声喊出了他们的饥饿，把饥肠的咕噜声直接从嘴巴中吐了出来，并砸在了纸上。现在我们也明白了，那就是高音量的莽汉主义诗歌。"莽汉"们是那种敢于大声喊出也有能力喊出自己饥饿的少数人。最终，很可能是莽汉而不是精英知识分子们提供了八十年代的饥饿证据，莽汉就是饥饿的八十年代的最佳物证；而莽汉主义诗歌，则是那些能够走动的物证们为时代录下的口供。——和精英知识分子们的"吐出"完全不一样，莽汉们的"吐出"仅仅是青春期对于饥饿的抗议。但它首先是呻吟，是失掉了根基之后的叫唤。

时代之腿的代表们的嘴巴吐出的内容，就是莽汉主义诗歌；而为了寻找食物展开的流浪和对食物的吞吃，则表达了饥饿的严重程度。对莽汉们来说，诗歌是以饥饿为前提的，而饥饿则由八十年代提供：教育的失血，信仰的化脓，人事分配制度的生锈，精英们面带菜色的说教……，构成了八十年代的饥饿的众多来源。因此，莽汉主义者的诗歌书写仅仅是饥饿的呕吐物。据李亚伟揭发，1984年夏天，当他、梁乐、胡玉"从不同地方巡逻到四川雅安马松处聚众喝酒时，莽汉诗歌已极大丰富起来，形成了猛烈的创作势头，其标志就是马松站在一家餐馆的酒桌上朗诵了'把路套在脚上走成拖鞋'的《生日进行曲》"。这个鲜明的意象实际上早已证明了诗歌、饥饿与青春之间的全部关系，其力量胜过了所有号称具有超级解释能力的理论。因此，没有必要怪罪莽汉主义诗歌的凶神恶煞，也没有必要鄙弃它在艺术上的有意粗鲁，因为由饥饿引起的呕吐在实施呕吐之时，根本就来不及考虑时间、地点、场合与风度。因为呕吐不会押韵，所以莽汉主义诗歌也不会押韵，但它有自己的精神韵脚，它的节律仅仅听从饥饿的节律，听从大腿在快速的浪游中弄出来的巨大声响。诗歌接受饥饿和流浪的辖制。当一个饥饿者不是低声呻吟，而是站起来抗议时，谁拥有指斥他们的高音量和大声武气说话的权力？即使是诗歌本身也不拥有这样的权威性。

李亚伟说得对，莽汉主义代表了一个诗歌时代；但我们有理由说，莽汉主义更是八十年代的重要物证：它把青春期关于饥饿的愤怒全部吐出来了；正是这些吼叫着的大腿，充当了精英知识分子得以存在的合理性——精英们是正确的，他们的启蒙工作也是有道理的。就这样，八十年代最有文化的脑袋和最"没有文化"、最反文化的大腿终于会师了，它们连为一体，共同构成了八十年代的整一身体。

7. 酒

因为饥饿，他们上路流浪了；由于在青春期的指引下，流浪天然渴望着巨大的声响，所以酒精出现了。酒与诗歌、青春有着明显的一致性：酒的涵义之一，就是在它貌似温柔的流动身体中，包含着狂暴和使饮者丧失方向感的力量。酒是一个巨大的诱惑，如同力比多之于青春一样。这同样是一个有关青春和大腿的故事。和其他许多相似的故事一样，它提出的问题将会在其他故事中找到答案，而且这些相似、相关的故事彼此不可分割。正如艾伦·奇南（Allan B. Chinen）所说："每一个单一的故事都不是完整的，它们必须汇聚在一起，就如同拼盘游戏一样。"也只有如此，我们才会得到一幅有关莽汉主义、有关莽汉主义诗歌与八十年代的整体图案。就是这样，性情暴烈的波德莱尔才会说:"一个人必须总是喝醉。一切都至于此;这是绝无仅有的道路。时间压垮了你的双肩,使你头颅低垂,要你感觉不到这样的重负,你就必须毫不迟疑地喝酒。"所以,早已行走在流浪途中的李亚伟才会对他的女友说:"若干年后你要到全世界最破的/一家酒馆才能找到我。"(《给女朋友的一封信》)酒馆是莽汉们真正的客栈,他们像将要上景阳冈的武松一样,把"三碗不过冈"的劝诫抛在了脑后。马克思曾经谈到巴黎的小酒馆和无产阶级密谋家们的关系:他们从一个酒馆转到另一个酒馆,考查工人的情绪,物色他们所需要的人,他们的大部分时间就是在小酒馆里度过的。"本来就和巴黎无产者一样具有乐天性格的密谋家们,很快就变成了十足的放荡者。"马克思肯定会同意,之所以如此,是因为酒精中包含的暴力和使饮者丧失方向感的力量,和革命家以及革命本身随身携带的力比多一拍即合了:酒精激发了他们的力比多,终于使目的明确的革命家丧失了应有的方向感。与此结果相似但方向相反,莽汉们在酒馆里却是有意识地要让酒精去激活力比多,让它更为眩晕,好让莽汉们在流浪途中更具有梦游特征。——仿佛只有双倍的梦游才更适合流浪、更适合解决饥饿。李亚伟醉醺醺地对酒馆老板说:

我想跟你发生不可分割的关系
有时你躲不掉,我的伤口在酒店里
挥动插在上面的匕首向你奔来
我用伤口咬死你老板

(李亚伟《酒店》)

这实际上是在和老板亲吻：莽汉们在表达亲热之情时也会使用一贯的莽汉动作。因为正是酒馆老板在莽汉们流浪的途中，为莽汉们准备了职业：饮酒恰好就是青春的火爆职业之一。的确，眩晕、梦游般毫无方向感的流浪，是青春的专职工作，酒馆为这种职业的实现提供了工作作坊。但作坊主永远不是酒馆老板，而是那些莽汉们。酒店老板仅仅是青春职业、青春故事称职的看门人。

莽汉们流浪的路径也由此成了一条酒之路。我们说，这条路的确让青春感到痛快，但它也的确十分危险：因为青春已经够疯狂了，加上酒精的力量，疯狂劲就远不只是原来的两倍。但莽汉们对这条东倒西歪的酒之路却感到非常满意。雅克·阿达利（Jacques Attali）说："街道引导熟悉情况的人回到家中，使他们能够发现外人，亦即看样子迷路的人，失去理智的人。每一条路都像是一个秘密，但同时也隐藏了邂逅的希望。"真是这样的啊。李亚伟也几乎是在语无伦次中真实地说出了这个意思："真正的酒之路，乃本质与变态间的中庸之路乃醉之路仙与人彻底折中／醉之路乃感情之路起伏于人体血脉穿过大街小巷乃诗人之路爬上人类的肩头藐视所有边缘和中心，藐视怯懦，藐视勇敢！／醉之路乃最富足之路慷慨之路乃人民东路拐过火车站乃爱人之路幽会半途而废之路结婚之小路常拦腰杀出／人生之酒浩荡于青春期的高原，糊涂胸闷于酒杯之外，癫痛于峰顶。今宵酒醒何处？"（《酒之路》）看来这条路是必须要继续下去了，既然它和流浪的青春有着如此合拍的暧昧关系。

由于力比多的高速运转、被大量生产，失去了酒，莽汉们也就意味着失去了流浪的路途。力比多在酒的激发下，已经越来越依赖于酒精的力量。青春对酒上瘾了。那真是八十年代的重大景观，那真是一个全民敞开肚皮喝酒的奇特年代。不管是物态意义上的酒，还是隐喻意义上的酒。由于此前的几十年里，中国人连喝酒都是定量供应，而供应量不仅对青春和酒鬼不够用，即使对一般的饮者、节日、喜庆和丧葬也难以满足。八十年代之前的那几十年，由于酒精严重不足，所以青春替代性地热恋上了武斗、抓特务和上山下乡。八十年代解除了对酒精的限制，与此同时也合乎逻辑地解除了对武斗、抓特务和上山下乡的热爱。力比多有了新的同谋，因此，酒精也把六七十年代的"红卫兵"变成了八十年代的莽汉——这真是酒精的胜利。与此同时，时代也在酒精的帮助下取得了它自己的胜利。当然，这同样也称得上是时代的失败，因为它在除了酒精之外，并没有生产出另外对力比多有效的催化剂——想想启蒙广场上那些面带菜色的大脑们就明白了，而正是这些人被时代勉为其难地推到了前台，像那个倒霉的丹麦王子一样肩负起了扭转乾坤的责任！

就是在这个大背景下，莽汉们等同于酒和酒杯。酒就是莽汉自己。到了现在，到了流浪的"醉之路"途中，力比多和酒精的界限已经完全被抹去了。李亚伟的如下诗句，我们已经很难分清其中的"我"究竟是酒精呢还是他本人了："请你把我称一称，看够不够份／请你把我从漏斗里灌进瓶子／请你把我温一下／好冷的天气／像是从前一个什么日子。"（《夜酌》）当然是那些忙于赶路、流浪、扑向酒馆的日子了。所谓"酒壮英雄胆"，莽汉们之所以要如此行事，其目的就是要在青春期还未消失的情况下，"走很远的路摸黑而又摸／很宽很远的黑呢"（同上）。此时此刻，青春、流浪、力比多、酒精、道路早已变作了同一件东西，共同用于对付饥饿和充满疯癫的教育。

李亚伟曾经对我说,他在写《硬汉》的过程中,喝了两瓶酒,昏睡了两天;醒来修改《硬汉》时,又喝了一瓶,刚修改完,结果又醉在了诗稿边。的确,我们能从《硬汉》等诗作里闻到普遍的酒味。李亚伟和他的同志们一起,把酒精所包含的隐蔽涵义全部直接移入了诗歌书写之中:当他边喝边醉边写时,由于酒精与力比多的结合产生的狂暴,会使他大喊大叫,这就是《硬汉》《我是中国》《野马与尘埃》《困兽》;而当他醉醒之后,由于力比多疲乏了,这时他会低言低语,有气无力,这就是《夜酌》《酒聊》《酒眠》。从酒的内在涵义以及它对力比多的作用这个角度,去观察前莽汉李亚伟的诗歌书写,为我们提供了理解莽汉主义诗歌的有效线索:莽汉主义诗歌明显可以分为两大类,一类是边喝边醉边大吼的作品,它把力比多的暴烈特性全部喷发出来了;另一类是酒醒之后的低音量作品,它构成了前一类作品的休息状态。它们相互作为对方的过渡;但在青春期的弹性限度内,休息却永远是为了指向喷发。诚如醉后醒来的李亚伟说的:

> 太阳一下子把我的眼皮揭开啊
> 这下见底儿了原来我好浅你这样的酒杯
> 比那些酒杯更容易见底其实
> 太阳也不深它难道不知
> 不外乎另找职业再不写诗就行了可
> 另找职业不外乎是又去酒馆
>
> (《酒眠》)

8. 打架

悖论出现在了打架之中：因为饥饿才走上流浪途中的莽汉们，却有的是力气斗殴。打架是青春期与力比多的可能性修辞：当没有外力来约束青春时，当没有有效的外力来约束青春时，当没有让青春本身觉得有效的外力来约束青春时，无所事事的青春只有一件事可做：信仰自己和信任自己的力比多。而青春本身是没有方向感的，它左冲右突、闪展腾挪、具有疯癫性质的力量天然就需要一个突破口，谁让它的自我生产能力那么强呢。这就是打架在莽汉们那里的本体论意义。而有效的外力必须要征得青春的同意。只可惜八十年代以及八十年代普遍而僵滞的教育，在青春期和力比多面前一文不值。青春通过自己的吞吐吸纳，把悖论转换成了合理：正因为力比多强劲有力，所以他们在具有如此特征的八十年代感到了普遍的饥饿；正因为饥饿，所以要打架。打架是另一种意义上的流浪，另一种意义上的丧失方向感。G. 毕希纳大声吼道：我觉得自己仿佛被可怕的历史宿命论压得粉碎！"个人只是泡沫，伟大纯属偶然，天才的统治是一出木偶戏，一场针对铁的法律的可笑的争斗，能认识它就到顶了，掌握它是不可能的……"德意志的短命天才、青春时期的毕希纳的这段话，可以一字不漏地用在一百多年后中国的莽汉们身上。

饥饿是普遍的，时代的饥饿和青春的饥饿是一致的；时代和人打架的场面由于始终被掩盖住了，所以我们长期以来忘记了它，但它又通过青春的打架斗殴被表达了出来。啊，那么多打架的人，我看见了古往今来那么多打架的人，他们一个个冲上前来，不分青红皂白,大打出手;当一群斗殴者老去后,另一群嘴上长有绒毛的家伙在流浪中又组成了打架的集团军。在《丑闻侦探》中,司各特·菲茨杰拉德(Scott Fitzgerald)说:"有些代人同下一代人紧密相连,有些代人和下一代人之间的鸿沟广阔得难以跨越。"菲茨杰拉德肯定搞忘记了说,打架之于青春永远都不会有代与代的分别——尽管他们打架斗殴的理由很可能会各个不一。在八十年代,饥饿和无所事事才是莽汉们斗殴的主要理由,因为八十年代只为这伙人提供了酒以及酒之路。李亚伟记载了这样一件事:八十年代一个夏天的晚上,在武汉,马松走进一家酒馆点菜、要酒,吃饱喝足后却告诉老板他没钱该怎么办,老板"好说"之后挥手便上来两三个男人,将马松一阵好弄,又出了酒馆。"马松额头顶着一个青包找到我要了5块钱要回去结账,一手拿着钱一手提了块砖头,就在老板伸手接钱的时候马松一砖头把他闷了下去。"短腿马松用实际行动,证明了饥饿、流浪和打架与八十年代的内在联系。

  尽管李亚伟把这个小情节放在了他回忆性文章的结尾,但打架却不表明是莽汉行动的结束,而是一个伴随着整个青春的动作,具有先天的倒叙特征。除了极少数的时代,绝大部分的岁月对于青春的最大功能就是促成饥饿。八十年代在一些人(比如"脑袋"的肉体版本)那里,显得异常紧张、坚硬、时日无多与只争朝夕,而在另一些人那里,由于饥饿、流浪的普遍存在,倒反而显得无所事事。在莽汉们那里,它甚至直接等同于饥饿。因此,莽汉们根本看不起无所事事的生活,也看不起那些对这种生活很满意的人:"我揍小子的眉心/我不想看他那副生活/还过得去的样子。"(李亚伟《打架歌》)在这个意义上,打架成了力比多必须要消耗的粮食,能将他们击碎在人间的粮食。李亚伟一语道破了这中间的"理由"：

只要你看我的眼
我就会正面看你个够
从出生到现在我都闲着没事干

(《我活着的时候》)

很显然，荒唐的教育和接受这种荒唐的教育不可能成为莽汉们生活中实际发生的事件：它只有虚拟的影子，也无法充当可口的食物；而诗歌也由此不过是打架的副产品，如同它是喝酒、饥饿的产物一样。这当然是青春系列故事中的又一个故事。李亚伟理解得很正确，莽汉主义首先不是诗歌，而是在一个饥荒的时代、在一个值得我们在回忆中忆苦思甜的时代中的巨大行动。青春在否弃了失血的、荒唐的、板滞的教育，否弃了时代故作的庄严嘴脸后，打架成了十分正常、正经的一桩事业，它甚至可以填饱"肚皮"。李亚伟在诗中写道："我擦掉脸上的血／我不知道国家和／国家打起架来带不带劲／反正打完之后／我还是挺和气挺和气。"（李亚伟《打架歌》）因为左冲右突的力比多终于在食物的沙漠上，找到了可以填饱肚皮的食物。在这里，青春拥有一张有趣的嘴巴：力比多需要被吐出，青春的肠胃才会被填满。这就是力比多所拥有的特殊逻辑，通过这个隐蔽的逻辑，我们看到了在莽汉们那里具有本体论性质的打架行为，以及它与莽汉主义诗歌之间的水乳关系。

9. 忧伤

　　1985年前后，李亚伟写了一首回忆他十八岁生日的诗歌：他在那天喝酒、打架、进局子、找女朋友，一句话，青春期该有的东西、该具备的特征在那天都有了。很有意思的是，在那首并不十分重要的诗歌的结尾，李亚伟写道：

我那时没钱
这辈子也不会有几文
我算过了爷爷和父亲的开支
我这辈子大概有五角吧
生日那天我花掉了一角八

（《十八岁》）

　　"钱"当然不只是金钱的意思，更多是指生命的"本钱"。精神分析的红衣主教、"江湖骗子"弗洛伊德认为，支配人类全部行为的潜意识就是"本我"；本我是黑暗的，它的集结就是性欲，是神秘而不断涌现的黑暗之流。弗洛伊德把黑暗的本我分为"快乐原则"和"死本能"的对立，然后再穷追猛打，颇富想象力地将死本能社会化为攻击性和破坏性原则。其实，青春也有它自己的死本能；这正是意气风发之年就自杀身亡的马雅可夫斯基在临终前所说过的："然而我/克制自己/把我的脚后跟/踩在我自己的/歌喉上。"我们也完全可以在此基础上说，死本能社会化后的破坏性和攻击性原则，同样是青春的基本特征：为了保持青春，所以要破坏，为了葆有容颜，所以要进攻。李亚伟用"钱"这个奇特的、复合型的说法，给了"死本能"和攻击性本能一种特殊的转换，也在暗中通过自己诗歌中的低哑声音，给了它们另一个集结性的名字：忧伤。是的，这是忧伤的申诉。

　　李亚伟依靠他的本能和天生的敏感，无意之中暗示出了一条定律：忧伤是青春的真正底色之一，忧伤正是在失去了方向感的流浪、打架、酗酒的过程中产生的复合型情绪；也是得之于青春本身的忧伤，暗中怂恿了流浪、打架和酗酒的青春期修辞学——在这里，李亚伟和他的十八岁一道遇上了类似于阐释学循环的困境。青春期独有的阐释学循环是青春期的无奈性嘴脸，也是青春期内部自我扭结的产物，它表明了青春自我矛盾的内在质地。而忧伤，无论是在李亚伟和他的莽汉同志们那里，还是在他的青春那里，都是一个总结性的符号。很有趣的是，李亚伟在大腿的快速跑动过程中，也写下了许多旧时的才子意象：美女、桃花、宝马、狂狷之士……这些都是他在流浪中走过暴乱的青春期的手边之物，是青春期的换气现象，也就是忧伤本身，并且因了这些意象的腐朽质地而更显忧伤。它们让人想起了西施、贵妃、武松的酒、青楼的箫声、柳永的放浪、荆轲的易水、侯赢的热血、大刀王五、古代的狂士和风花雪月。但他们都消失了，永远不会再在二十世纪的八十年代重现。这是一个拥有同样青春的后起之辈对前辈莽汉的哀悼，也是对青春本身的暗电，但它首先来自青春本身：

　　美人和英雄就这样在乱世相见

一夜功夫通过涓涓细语从战场撤退到知识界的小子

我生逢这样的年代,却分不清敌我

把好与歹混淆之后

便背着酒囊与饭袋扬长而去

(李亚伟《血路》)

这实际上已经意味着,忧伤早已成了"扬长而去"的流浪青春的暗中质地。忧伤也在大腿的迈动中,变作了一组组照片,是固定下来的流浪动作,但它早已稀释在流浪之中。我们于此之中,完全可以把李亚伟看作一个"传统主义者",这倒不是因为他写了那么多腐朽的才子佳人意象,而是他对这一切都进行了莽汉式的改写:他把苏东坡、司马迁等人都改写了,那些莫须有的事件,按照莽汉主义对忧伤的理解所杜撰出的事件,那些从来不曾真实存在于这些人身上的东西,都被李亚伟给栽赃在他们头上了(参阅李亚伟《司马迁轶事》《苏东坡和他的朋友们》等诗作)。这是对历史的有意虚构,却正好是诗歌的实质之一。

但忧伤不是一件永恒的事业,它和青春期一样短暂。李亚伟深刻地发现了这一特质。在非常优秀的组诗《岛·陆地·天》里,李亚伟的诗句变得短促、破碎;语言因了忧伤而变得相当透明,像一条吐完了丝的老蚕。这组诗提前宣告了一个青春事件:忧伤进化了,忧伤快要过完了。这组诗也由此变成了对青春即将逝去的悼词,如同回光返照的将死的病夫一样,这组诗是李亚伟所有诗歌中把忧伤推向极致的诗作。

值得注意的是,忧伤也是八十年代的广泛症候之一。一代人因为方向感的丧失更加加深了时代本身的迷途感。应该说，方向感的丧失，既给时代提供了狂欢化嘴脸，也为莽汉主义者的生活提供了条件，但莽汉主义者的忧伤远不止是他们个人的忧伤，也不仅仅是大腿们的忧伤，它表征了整个八十年代。从诗歌写作的维度说，正是忧伤为莽汉主义提供了暗中鼓励他们如此行动、如此写作的地下美学、在野美学。在李亚伟的所有诗歌中，其实都有两条暗线：一条是大喊大叫的所谓破坏性原则（倒不如说发泄性原则更合实际），一条是相对喑哑的忧伤音调。这两条线索的交织，它们在诗歌写作中不同比例的搭配，甚至有时妙到毫颠的平衡性搭配，是李亚伟诗歌远远高出其他莽汉主义者的关键要领。《岛·陆地·天》正是这方面的杰作。它既是对将逝未逝的青春的忧伤式哀悼，又有强烈不服气的音色在内。《陆地》中反复出现的"怎么啦"，就是这种不服气的典型音色，有如一个小儿哭鼻子歪着头大喊"怎么啦"一样。急促的长句（其实它是由不加标点也就是不换气的若干短句和合而成的）与相对平静、忧伤的短句，结合在一起，共同把忧伤推到了高峰。也把八十年代的忧伤气质给甩了出来。

10. 语言

莽汉主义诗歌的语言是一种青春期的语言，它的发动机永远在青春那里。迄今为止，李亚伟最优秀的诗作——同时我也得说，正是这些优秀诗歌构成了整个八十年代中国诗歌的实绩之一——《岛·陆地·天》《野马与尘埃》《红色岁月》，仍然是对青春期与力比多的直接摹写。这些诗歌一方面才华横溢，另一方面也构成了对才华的浪费与挥霍。它们在快速的语言转换中,用杂乱无章的笔法、句式,对应了八十年代丧失了方向感的杂乱事实以及杂乱的青春行为。

诚如李亚伟所说,莽汉主义者是从"天上掉下来的语言打手"(李亚伟《萨克斯》),这些打手们继承了汉语中隐含的暴力和狂欢特质;他们的高音量既得之于青春,又得之于汉语中肉感的高音量与暴力的部分。两者终于在八十年代胜利会师了。诚如我们所知,汉语实际上是一种独白式的语言,它最典型的语气就是祈使性的命令语气。霍夫斯塔德(G. Hofstede)说:"在语言被用于会话以前,它早已是酋长发布命令的中介,或者是醒世诗人用字遣句的中介。总之,语言首先是,也必然是独白,下一步才形成对话。"这仿佛就是针对汉语的特性所发的感慨。莽汉主义诗人从这里边吸取了无尽的养分。

海德格尔错误地认为语言的本质就是"语言说",实际上,语言的本质更在于"语言流浪""语言怀孕"。——这是莽汉主义诗人对语言本质的一大发现,他们深入了语言中真正的诗性部分,远远胜过了抓住鸡毛当令箭、扛起常识当深奥真理的海德格尔。正是在流浪中构成了语言的狂欢化和青春质地,也正是语言具有怀孕的本质性特征,它才孕育了在青春的射精作用下产生出的莽汉主义诗歌。

有趣的是,正是仰仗着这种独具莽汉特质的语言本质性定义,李亚伟在他的晚近诗歌中愈来愈生成了一种二元对立的面貌:甚至连自我也一分为二了(参阅李亚伟《野马与尘埃·自我》)。这就是李亚伟反复说到的:"从出门到回家……两个方向,一种混法。"(李亚伟《岛》)这种对语言的有意分裂,不仅反映了青春期的暴力、分裂倾向,实际上也对应了语言的怀孕本质。对语言的本质进行一分为二的处理，在李亚伟那里关系重大：一方面它们自身彼此交媾，在流浪的途中分别射精和怀孕以促成诗歌；另一方面，二值化处理也在它们的相互交接过程中快速嬗变，组成了李亚伟诗歌中的快速特性。《野马与尘埃》《红色岁月》就是这方面的典范之作。而这也同样对应了大腿快速的迈动，对应了值得回忆，也适合回忆的八十年代。

2000 年 4 月，北京看丹桥

变态的上海及其他

1

"中国新感觉派小说是在日本的影响下发展起来的。它的酝酿，应该从1928年9月刘呐鸥创办的《无轨列车》半月刊算起。"（严家炎《新感觉派小说选·前言》，严家炎编选《新感觉派小说选》，人民文学出版社，1985年，第3页）但这项编辑出版行动仅仅是新感觉派小说的前奏和引言，楔子和过门，像彗星划过夏日的夜空一样急速、短暂：在国民政府的报刊审查制度的亲切关怀下，《无轨列车》注定是一份短命的刊物——它仅仅存活了4个月即一命呜呼，魂归了我们今天已经无从寻觅的西天。但从只出版了8期的刊物上承载的诗歌和小说的样态来看，《无轨列车》"已初步显示了现代主义倾向"（同上，第4页），只因为它的创办人刘呐鸥是从扶桑归国的日本新感觉主义小说的信奉者，是川端康成的热情鼓吹者。为寻找新的舞台，1929年9月，刘呐鸥、施蛰存等人像是嘲笑无能的报刊审查制度一般，又另起炉灶，创办了《新文艺》月刊：他们在青春和执拗精神的鼓励下，暗中发愿，要将一种新型的小说艺术在中国推进到底，直到它寿终正寝的那一天。力量孱弱的《新文艺》一方面同情当时已经如火如荼的普罗文学运动，"但同时，创作上的新感觉主义倾向也有了发展。刘呐鸥已写了八篇用感觉主义和意识流方法表现现代都市生活的小说,不久编集为《都市风景线》出版"(同上,第4页)。与此同时,施蛰存也开始"自觉地运用弗洛伊德学说来分析、表现人物的心理,这就有了《鸠摩罗什》《将军底头》等小说,开始显示出另一种特色"(同上,第5页)。1930年春,新感觉派小说的另一个重要人物,年仅18岁的穆时英,受青春心理的公开教唆,开始在《新文艺》登台亮相:他抱来了一大堆针对上海的感觉碎片,像黑色的玻璃碴一样,横七竖八地镶嵌在《新文艺》的版面上。出于对报刊审查制度的正确呼应,和它的姐姐或兄长一样,《新文艺》未及周岁即中道崩殂,直到1932年施蛰存主持的《现代》杂志创刊,新感觉派小说才再一次找到了表演的舞台——对于快速流动、疾速行驶的中国新感觉派来说,这无疑是漫长的两年,是在别人的刊物上四处流浪的两年。

不知是巧合还是命运的刻意安排,和承载新感觉派小说的刊物的短命特性非常相似,中国的新感觉派小说也是一个寿命奇短的文学流派,或许那时候正在鼓动年轻学子专心阅读《庄子》的施蛰存,会拿"大年也,小年也"来自我解嘲:刘呐鸥的小说创作差不多结束于1930年,施蛰存结束于1936年,穆时英的小说寿命则终结于抗战爆发前夕。刘呐鸥、施蛰存、穆时英结束小说创作时的年龄分别为30岁、31岁、25岁,正处于货真价实、童叟无欺的愤青阶段,力比多还在激烈而广泛地涌动,就像上海滩傍晚时分的霓虹灯,左顾右盼而又旁若无人。的确,他们展开写作的年代是一个令人愤怒的年代,内忧外患、山河破碎、民不聊生是它的首要特征;他们展开写作的地点刚好是令人愤怒的上海,一座"造在地狱上面的天堂"(穆时英《上海的狐步舞》之首句),一个"冒险家的乐园"。易于愤怒的年龄，异常火热的力比多，和必须以愤怒去面对的时空彼此勾搭，不偏不倚，正好结成了暗中的联盟；如何以恰当的方式发泄愤怒，为易于冲动的力比多找到一条恰切的途径，只差冥冥之中的机缘前来引诱和叩门了。

在力比多的公开煽动下，广泛的愤怒急需要一种表达愤怒的语言方式，正如汹涌的火山需要喷发的出口和通道——这是一种性状奇特的语言勒索，需要一种变态的、带毒的、急火攻心的、能够用"阳具将党捣得粉碎"［扎米亚京（Zamyatin）语］的那种奇异的力量。在中国，由于广泛的愤怒由来已久、根深蒂固、源远流长，早在刘呐鸥、施蛰存、穆时英进行小说创作之前，表达愤怒的有效方式已经存在；至少，动不动就在字里行间高呼口号、动不动就在语言空间当中摆出横眉冷对之火爆造型的普罗文学，就提供了一条粗糙、暴烈、激进的道路；左联成立时，这条早有来历的、亢奋的、充血的激进之路已经被严格地模式化了。

我们的艺术不能不呈献给"胜利不然就死"的血腥的斗争。

艺术如果以人类之悲喜哀乐为内容，我们的艺术不能不以无产阶级在这黑暗的阶级社会之"中世纪"里面所感觉的感情为内容。

因此，我们的艺术是反封建阶级的，反资产阶级的，又反对"失掉社会地位"的小资产阶级的倾向。我们不能不援助而且从事无产阶级艺术的产生［《文艺界消息·左翼作家联盟底成立》，《萌芽月刊》，第 1 卷 4 期（1930 年 4 月）］。

1931 年，年届五十的鲁迅早已到了老谋深算、目空一切的年龄，面对脾气火爆、肝火旺盛的普罗文学，他不无悲哀地夸耀，这是中国目前唯一可行、唯一存在的发泄愤怒的模式，其他的一切方式要么微不足道，要么根本没有存在的理由和机会，要么就是毫无力道、意义些微："现在，在中国，无产阶级的革命的文艺运动，其实就是唯一的文艺运动。因为这乃是荒野中的萌芽，除此之外，中国已经毫无其他文艺。属于统治阶级的所谓'文艺家'，早已腐烂到连所谓'为艺术的艺术'以至'颓废'的作品也不能生产，现在来抵制左翼文艺的，只有诬蔑，压迫，囚禁和杀戮；来和左翼作家对立的，也只有流氓，侦探，走狗，刽子手了。"（鲁迅《二心集·黑暗中国的文艺界的现状》）由于20世纪二三十年代之交的愤青的力比多拥有异常奇特的力量，早在新感觉派草创之时，刘呐鸥等人对普罗文学就至少抱持着同情的态度：他们承认，无论如何，普罗文学都不失为一条发泄愤怒的有效途径。《新文艺》一卷五期《编辑的话》就毫不含糊地说过："1930年的文坛终于将让普罗文学抬头起来，同人等不愿自己和读者都萎靡着永远做一个苟安偷乐的读书人，所以对于本刊第二卷起的编辑方针也决定改换一种精神。"普罗文学的亢奋口号和肿胀着的标语，果然出现在翌年的《新文艺》月刊的版面上。但同情肯定不等于毫无保留地认同，同情或许恰好意味着：同情者需要寻找不同于普罗文学的其他模式；实际上，三个自视甚高的愤青一直在试图找到适合自己的泄火方式。这需要一个重要的机缘，这个机缘必须具备如下能力：激活那个暗中结成的联盟，那个易于愤怒的年龄和值得以愤怒去面对的时空结成的联盟。这个机缘早在刘呐鸥创办《无轨列车》的年代就已经出现。对此，半个世纪后的施蛰存有过较为清楚的回忆：

（在日本读书长大的）刘呐鸥带来了许多日本出版文艺新书，有当时日本文坛新倾向的作品，如横光利一、川端康成、谷崎润一郎等的小说，文学史、文艺理论方面，则有关于未来派、表现派、超现实派，和运用历史唯物主义观点的文艺论著和报导。在日本文艺界，似乎这一切五光十色的文艺新流派，只要是反传统的，都是新兴文学。刘呐鸥极推崇弗里采的《艺术社会学》，但他最喜爱的却是描写大都会中色情生活的作品。在他，并不觉得这里有什么矛盾，因为，用日本文艺界的话说，都是"新兴"，都是"尖端"。共同的是创作方法或批评标准的推陈出新，各别的是思想倾向和社会意义的差异。刘呐鸥的这些观点，对我们也不无影响，使我们对文艺的认识，非常混杂。（施蛰存《最后一个老朋友——冯雪峰》，《新文学史料》，1983年第2期）

对激发了暗中的联盟的那个机缘说得更清楚的，还是从日本辗转来到上海的刘呐鸥，《无轨列车》《新文艺》的主要创办者。1929年，一个距今异常遥远而又异常亲近的年份，刘呐鸥创办的水沫书店出版了由他本人担纲翻译的日本小说集《色情文化》，一部日本新感觉派小说家的作品集，一本"以表现主义为父，以达达主义为母"（川端康成语）的小说家们的小合集。在《译者题记》里，刘呐鸥十分明确地说："文艺是时代的反映，好的作品总要把时代的彩色和空气描出来的。在这时期里能够把现在日本的时代色彩描给我们看的也只有新感觉派一派的作品。……他们都是描写着现代日本资本主义社会腐烂期的不健全的生活，而在作品中表露着这些对于明日的社会，将来的新途径的暗示。"

在上海的20世纪30年代初,一切都准备好了:异常年轻的身体、对作为殖民地的上海的广泛愤怒、日本人经过杂交后生成的新感觉主义、充血的普罗文学对更年轻一代作家的挤压、渴望另辟蹊径扬名立万的青春心理,再加上已经开启脚步前来叩门的机缘,一切都准备好了,只等着愤怒自然地穿过出口,连传说中必须具备的东风都是多余的——那个暗中的联盟就拥有这种难以被人品查的特性。

2

感受是一种来历久远的仅仅属人的能力;在促使既定感受得以改变的方法论来到之前,人们对一座城市,一个物件,一个人,一座山,一棵树,一次突如其来的爱情,一次猝不及防的幸福或一块石头的感受,总是倾向于大体一致,人们总是乐于遵循本地感受划定的感受范围和感受法律,除此之外,基本上不存在额外的租界,不存在法外的恩赐。感受的改变并不是一件容易的事情,当然也不是一件无足轻重的事情。

上海自开埠以来一直昂然存在,外滩、霞飞路、十里洋场、外白渡桥一直存在,尽管它们都在快速地改变自身,以欲望为材料疾速地加粗自己的腰身;刘呐鸥从日本带回的新感觉主义,则为年轻的中国作家提供了再一次感受上海的武器。本着先来后到的原则,这个促使既定感受得以改变的武器(或方法论)首先被刘呐鸥本人所挥舞、所借用。作为中国新感觉派小说最初的引航人,刘呐鸥就是"一位敏感的都市人,操着他的特殊的手腕,他把这飞机、电影、JAZZ(即爵士乐——引者)、摩天楼、色情(狂)、长型汽车的高速度大量生产的现代生活,下着锐利的解剖刀"(《新文艺》第2卷第1期,广告栏)。这把解剖刀无疑来自日本的新感觉主义;在后者不无殷勤地帮助下,本地感受逐步退场,新的感受悄然莅临,感觉的租界纷纷出笼,壁立于世。作为这把解剖刀的运作结果,在刘呐鸥的作品中,"我们显然地看出了这不健全的、糜烂的、罪恶的资产阶级的生活的剪影和那即刻要抬起头来的新的力量的暗示"(同上)。

"生活的剪影"是在碎片式的感觉描写中得以呈现的。碎片主义是新感觉派小说的首席美学特征。碎片主义的根本涵义是碎片式的愤怒:碎片式的愤怒理所当然地构成了碎片主义美学的核心内容。这中间的转渡或桥梁十分简单:愤青急于发泄愤怒,所以放弃了从容的整体描写,或者由于他们的愤青身份,他们干脆就不具备从容的能力,不具备打量整体的本领——整体是一个黑洞,孱弱的视线一旦被它吸纳就会无路可逃,直至死无葬身之地;上海是一座大得看不见边际的城市,所以只有它的片断和局部才能被作为愤青的小说家们所感觉。与此同时,城市底部涌动的邪恶的力比多,与愤青们自身体内的力比多必然性地发生了冲撞。和前者相比,后者的渺小不证自明。后者想要在不对等的角逐中获取虚拟性的胜利,只有攻击前者的局部,攻击它的某一个片断;只有动用感觉,像那个阿Q一样,以便在感觉中获胜。感觉是一种典型的意识形态,一如伊格尔顿(Terry Eagleton)说想象力是一种意识形态。刘呐鸥、穆时英(也许还应该包括部分的施蛰存)所动用的片断式小说结构,刚好跟感觉的本义相吻合,跟作为大都市的上海的本性相吻合。结构不仅具有美学意义,更具有意识形态的意义;因为它首先是一种反抗的武器,是用于反抗的长矛。它的目的就是要表达碎片式的愤怒,一种零敲碎打的愤怒。这种愤怒是从整体的上海身上强行扭下的一小块肌肉，这一小块肌肉刚好能够被愤青们刚直、年轻的视线所逼视，新感觉派小说家基本上只具备逼视一小块肌肉的能力。

和炮制普罗文学的愤青们在字里行间挥枪弄炮地攻击现实迥然有别，碎片主义美学的把持者，那些被称作新感觉派小说家的愤青们，借用的武器只是较为可笑的感觉造反或感觉起义：借助外来的解剖刀，通过对敌手的全新感觉，通过对感觉的租界的精心营建，通过对法外的恩赐的广泛享用，反击丑陋的敌手，并在感觉中获得虚拟性的胜利快感——那个必须以愤怒去面对的时空果然在感觉造反、感觉起义中被弄得灰头土脸，里外不是人，但也没有让那个令人厌恶的时空痛苦得四处找牙、满地打滚，只因为感觉造反、感觉起义始终是碎片式的起义、碎片式的造反，它只能发泄碎片式的愤怒，也仅仅满足于这种鸡零狗碎、小肚鸡肠的愤怒。感觉造反、感觉起义在自我运作了一番之后，其成果大致如下：通常被认作激情洋溢的夜总会在刘呐鸥的感觉中，意味着狂乱、色情、颓废和堕落（参阅刘呐鸥《游戏》），在更年轻的穆时英那里——因为力比多更为旺盛——则干脆指向死亡，那是毫无意义的死亡，是连一滴表达同情的眼泪都匹配不上的死亡（参阅穆时英《夜总会的五个人》）；尽管上海并不是爱情的荒漠（那个时代众多惹人泪下的爱情电影可以为此作证），但在感觉起义的操持下，为繁衍后代做准备工作的爱情变作了陌生男女随意交配的借口（参阅刘呐鸥《两个时间的不感症者》）；通过感觉造反，打扮世界，旨在让世界更加美丽的女人不过是一具没有灵魂的肉体，仅仅是"1933年新的性欲对象"（参阅穆时英《白金的女体塑像》）；当然还有时间，但那是被切割、被挟持着向前快速流动的时间，疾速得几乎没有给人留下任何喘息的机会，却刚好被感觉起义候个正着，直接落入了感觉造反编织成的大手中。

忽一会，不晓得从什么地方出来的桃色的光线把场内的景色浮照出来了。左边的几个丽服的妇人急忙扭起有花纹的薄肩巾角来遮住了脸。人们好像走进了新婚的帐围里似的，桃色的感情一层层律动的起来。这样过了片刻，机械的声音一响，场内变成黑暗，对面的白幕上就有了银光的闪动。尖锐的视线一齐射上去。（刘呐鸥《流》）

这是关于20世纪二三十年代之交上海某家电影院的一个感觉中的小片断。如果不特别指出，恐怕很难准确地弄清楚这段描写指称的究竟是什么场景。很显然，在这个感觉中的小片断里，在大上海的这一小块肌肉里，连时间都遭到了劫持，连时间的本意也遭到了违背，连一向战无不胜的时间都无法按照自身的欲望自然流逝。在感觉起义的私下运作中，大上海被切割为片断；在感觉造反的引领下，城市的力比多遭到了愤青们的迎头痛击，一种仅仅存在于感觉之中的虚拟性胜利得以生成。这是小说艺术的胜利，片断式结构的胜利，感觉的胜利，是碎片主义美学和碎片式愤怒的凯旋还朝，但更是一种发霉的、自慰式的胜利。

毫无疑问，感觉造反、感觉起义是一种过于虚弱的反抗，哪怕它真的有一把来自扶桑的解剖刀，哪怕那把刀真如它号称的那样是锐利的。通过那个暗中的联盟的转渡作用，感觉起义宣布的结论仅仅是：这样的上海令人沮丧，这样的时空不值得居住，这样的世界足够让人绝望，顶多只是对"那即刻要抬起头来的新的力量的暗示"。

但新的力量究竟在什么地方,却不是碎片主义美学能够给以明确说明的事情。它只负责暗示,仅仅提供暗示,也只满足于暗示。新的力量始终处于黑暗之中,连萌芽所需要的那种轻微的声响都难以让人听见和把捉。很显然,左翼作家,那些炮制普罗文学,在字里行间造枪造炮的愤青们,有足够的理由谴责这种犬儒式的造反行径(参阅楼适夷《施蛰存的新感觉主义》,《文艺新闻》第33号,1931年10月26日),只因为他们确实比新感觉派小说家要生猛得多。但他们的生猛显然无法复制,无法被刘呐鸥等人所借贷,因为炮制普罗文学的愤青们在和上海以及必须以愤怒去面对的一切时空作对时,不仅仅仰仗了他们自身的力比多,还借用了流淌在革命底部的、更为浑浊的力比多,甚至过度透支了革命的力比多的巨大力量。从纯粹力学的角度看,普罗愤青们在泄火时拥有了太多的幸运,以至于他们在发泄愤怒时甚至把自己都给搭了进去,并由此增加了表达上的力量。

3

从另一个方面为新感觉派小说增加力道的,是精神分析大师弗洛伊德(Sigmund Freud);弗洛伊德通过施蛰存的写作实践进驻了中国新感觉派小说的大本营;在弗洛伊德与施蛰存之间起到桥梁作用的,则是奥地利小说家显尼志勒(Arthur Schnitzler),此公一贯喜欢运用弗洛伊德的精神分析理论,用小说的形式探讨诸如"爱与死"这类重大的人生主题,而显氏的作品的每一个英法译本,都曾得到过施蛰存的礼遇(参阅施蛰存《显尼志勒〈自杀以前〉·题记》)。至此,新感觉派的两个力量来源已经昭然若揭：由刘呐鸥从日本带来的新感觉主义、由施蛰存从奥地利转口而来的心理主义。

弗洛伊德的心理分析理论是人类的"恶之花"，它出现在礼崩乐坏的20世纪的西方是一个巨大的隐喻，我们真不知道该以怎样的心情去面对这朵性状奇特的"恶花"。更重要的是，心理分析理论是一把毋庸置疑的双面刃：它既是人类理智的胜利的象征，因为人类理智居然能够大张旗鼓地进驻无意识领域；又是人性脆弱和人性不可被信任的显明标志，因为在人类理智的凯歌高奏中，人性的脆弱和不可信任是如此地昭然若揭，人和动物之间的界限正在被逐步取消。20世纪二三十年代的上海，那座"造在地狱上面的天堂"，差不多就是弗洛伊德心理分析理论的肉体版本，是对心理分析理论的一种东方式解读，一个东方式的脚注。愤青施蛰存就生活在早已变态的上海；对弗洛伊德的接受和信任，让他感受到了双倍的变态。像刘呐鸥借助来自扶桑的新感觉主义去逼视上海的每一小块肌肉一样，施蛰存要借助弗洛伊德去描摹变态心理的动力学原理。

感谢心理主义的拔刀相助，施蛰存笔下的三个重要人物——鸠摩罗什（《鸠摩罗什》）、花惊定将军（《将军底头》）、石秀（《石秀》）——全都是不可思议的变态狂。作为一名来自西域的高僧，鸠摩罗什居然深陷情欲之海而无力自拔，他渴望得道，但又不愿意放弃令他格外销魂的性生活，他因此长期生活在不断自责而又不断自我宽慰的心境之中，最后连一枚舍利子都没能烧出来。花将军治军严谨，临战前一个士兵因调戏驻军地一位少女而被他斩杀，但与此同时，花惊定将军却令他绝望地爱上了那个少女，并为此在战场上莫名其妙地丢掉了性命。《水浒》中的英雄，美色之前毫不心动的大丈夫石秀，面对结拜兄弟之妻的挑逗，时而冲动，时而自责，万般无奈之下，最后只好伙同义兄杀了义嫂，并在殷红的鲜血中，获得了类似于性高潮来临时的那种极大的快慰和战栗……

　　行为举止正常，这只是表面现象，如同鸠摩罗什在他的大部分信徒眼中形象正常一样；但掩藏在表面现象之下的，则是狂乱的内心冲突，连动作也制服不了的内心冲突，相反，倒是内心冲突在与动作的角力中不时地占据了上风，迫使动作扭曲、变形。这就是施蛰存迫于变态的上海带来的压力，尽力描摹出的变态心理的动力学原理。经过施蛰存的写作实践，动力学原理构成了心理主义的核心，心理主义也颇识时务地容忍、退让，以至于让动力学原理真的成为了自己的核心。仰仗着核心的公开支持，心理主义在施蛰存那里显示出了令人难以置信的力量。就在两军对垒的生死攸关的紧张时刻，身为主帅的花惊定将军却出人意料地陷入了莫名其妙的沉思：

　　在步兵与骑兵混乱着的战争中，将军兴奋着。忽然，就在将军底身旁，一个武士倒下马来了。将军在匆忙之中，分一点闲暇去看了一眼，那个武士底前胸很深地被射中了一箭，所以倒下了马。而这个武士，当将军底眼睛转向着他底痛楚的脸的时候，将军不禁心中吃了一惊，也就是将军所恋着的少女底哥哥，那个镇上有名的英勇的武士。将军底马向斜里跑去了，那武士底重创了的身上，随即给别的马匹乱踏着了。

　　将军兜上了心事，不想恋战了，将军尽让他底骏马驮着他向山冈上奔去。将军想起了那个少女，现在哥哥死了，她不是孤独了吗？谁要来保护她呢？她不是除了哥哥以外，家中并没有别的人了吗？将军这样想着，便好像已经看见了这个孤苦无依的少女，在他底怀抱之中受着保护。将军心中倒对于这个武士底战死，引为幸运了。这时的花惊定将军完全是自私的，他忘记了从前的武勇的名誉，忘记了自己底纪律，甚至忘记了现在是正在战争。

将军正在满心得意地想回转马头，归向村中去，但没有觉得背后有一个认得他的吐蕃将领正在追踪着他。将军底马刚才回头，将军底眼睛刚才一瞥地看见背后有人，而那凶恶的吐蕃将领底大刀已经从马上猛力地砍上了将军的项颈了。

……但，将军倒下马来没有呢？没有！将军并没有感觉到自己底头已经被敌人砍去了。一瞥眼看见了正在将利刀劈过来的吐蕃将领，将军顿时也动了杀机。将军也把大刀从马上撂过去，而吐蕃将领的头也落在地上了。……将军底意志这样地坚强，将军正想回到村里去，何曾想到要被砍掉了头呢？所以将军杀掉了那个吐蕃将领之后，从地上摸着了胜利的首级，仍旧夹着他底神骏的大宛马，向镇上跑去。

动力学原理，尤其是它在叙事学上的功用，在此无疑得到了较为清晰的呈现：在最不该恍惚的时刻，一贯英勇善战、屡战屡胜的花将军却严重恍惚，其病根不早不迟，刚好来源于弗洛伊德心理主义的神奇力量；被吐蕃将领砍去头颅后，还能将吐蕃将领的头颅砍去所需要的神奇力量，同样来自弗洛伊德的心理分析理论。在动力学原理更进一步的催促下，更有意思的还是花将军的爱情结局：

没有了头的花将军由着他底马背着他沿了溪岸走去，因为是在森密的树林间,踯躅着在溪的彼方的街上的边戍兵也没有看见他。将军觉得不知怎的忽然闷热起来,为什么眼前一点也看不出什么呢?从前也曾打过仗,却没有这样的经验呀。将军觉得满身都是血了,这样,怎么可以去见那个美丽而又温雅的少女呢?如此想着,将军就以为有找一处浅岸去在溪水里洗濯一下的必要了。

将军在一个滩岸边下了马,走近到溪水边。将军奇怪着,水何以这样浑浊呢,一点也照不见自己底影子?而这时候,在对岸的水阶上洗涤着碗碟的却正是将军所系念着的少女。她偶然抬起头来,看见一个手里提着人头的没有头的武士植立在对岸,起先倒吓了一跳。但她依旧看着,没有停止洗涤。她看将军蹲下身来摸索着溪水,像要洗手的样子。她不觉失笑了:

"喂!打了败仗了吗?头也给人家砍掉了,还要洗什么呢?还不快快地死了,想干什么呢?无头鬼还想做人么?呸!"

将军底心,分明听得出这是谁的口音。一时间,将军想起了关于头的谶语,对照着她现在的这样漠然的调侃态度,将军突然感到一阵空虚了。将军底手向空间抓着,随即就倒了下去。

这时候,将军手里的吐蕃人底头露出了笑容。

同时,在远处,倒在地上的吐蕃人手里提着的将军底头,却流着眼泪了。

和感觉起义中上海滩没有爱情只有性交的情形相仿佛,为爱情丢掉脑袋的花惊定最多只换来了一行热泪:那是不需要人看见的热泪,也是没有人能够看见的热泪,但它刚好被心理主义当作了理所当然的俘虏。花将军头颅搞丢之后还能砍去对手的头颅所需要的那种力量，只是那行热泪成为俘虏的一个必经的步骤，一个必须的过门；因此，那行热泪无疑是对动力学原理的高度恭维，也是动力学原理理所当然的辉煌成果。

施蛰存是第一个运用心理分析理论改写历史故事的中国小说家。通过对变态心理的动力学原理的尽力描摹，施蛰存有能力绕过那些作为表面现象的正常举止，直接进入到紊乱、冲突、活蹦乱跳的心理层面；经过动力学原理的转渡作用，曾经被大声颂扬的历史人物个个都显露出他们的变态狂特性，人人都获得了自虐分子的身份。动力学原理及其功能的被揭示，意味着历史理性的彻底破产，意味着历史底部山呼海啸的力比多绝不是人力能够控制和驯服的事物，哪怕那个试图驯服历史的人号称超人或者枭雄。但迫使施蛰存作出这种写作战略转向的力量，仍然是上海，变态的上海，那个冒险家的乐园，那座建立在地狱上的天堂。只因为能够激活那个暗中的联盟的，不仅仅只有感觉主义，不仅仅是感觉的租界；只因为那个暗中的联盟在呼唤新的催化剂，而弗洛伊德主义，刚好像个幽灵或半神一样来到了上海，附在了一个名叫施蛰存的愤青身上。

4

新感觉主义成功地铸造出了感觉起义这一犬儒式的反抗武器，它令刘呐鸥等人能够以变态的写作方式去感觉畸形的上海，并在碎片主义美学的帮助下，在变态感觉中成功地令上海彻底变态，由此为自己易于冲动和愤怒的力比多找到了恰切的途径；弗洛伊德的心理主义则让施蛰存成功地进入他笔下的人物的内心世界，窥探到了主人公的变态心理。前者以变态的感觉方式进行断片式写作,后者描摹变态的状况及其动力学原理;前者因自己的变态让必须以愤怒去面对的时空呈双倍变态之势,后者因描摹变态心理,得以从侧面、从后背攻击了值得愤怒的时空。作为一个文学流派的构成部分,作为一个文学流派得以存在的结缔组织,弗洛伊德的心理主义为感觉造反、感觉起义加添了一条必不可少的辅助线,进而完善了整个流派的武器库存;通过施蛰存写作上的战略转向,弗洛伊德的心理分析理论从侧面和背部,声援了感觉起义、感觉造反,并为后者在对抗现实生活时的乏力与贫弱增加了超过半斤以上的力度——尽管普罗愤青们对此并不认同,还不无恶意地将之指斥为逆流、软弱和贫穷。

作为一个过于短命的文学流派,中国新感觉派小说早已成为过眼云烟;面对必须以愤怒去面对的时空,可能连新感觉派的小说家们都会觉得自己的泄火方式十分孱弱,无论是历史还是变态的上海,都没有因为感觉起义、变态心理的动力学原理的出现而有丝毫改变,三个自视甚高的愤青很快就停止了这种较为无用、无力的文字游戏,纷纷转向,试图在事功中寻找更为有力的反击方式。

抗战爆发后,东南沦陷。刘呐鸥重新回到上海,依附于汪伪政权,奉命筹办汪伪政府控制下的《文汇报》。报纸尚未出版,刘呐鸥就被人暗杀于1939年秋天的上海。关于他的死版本较多(参阅施蛰存《施蛰存谈〈现代〉杂志及其他》,《鲁迅研究资料》,第9辑),但刘呐鸥在放弃了感觉起义和碎片主义美学后,对再一次得到更新和再一次加大变态力度的上海进一步失去了有力的感觉,却是不争的事实——他的死就是最好的证据。大半年后,更为激进的穆时英被国民党特工人员暗杀于上海,时在1940年的春天。关于他的死同样众说纷纭,有的说他是汉奸,依附于汪伪政权;有的则说,他是受命潜伏在汪伪政权之中的国民党特务,为国民党中央工作,他的死是一个双重的悲剧［参阅嵇康裔《邻笛山阳——悼念一位三十年代新感觉派作家穆时英先生》,(香港)《掌故》月刊,1973年第10期］。和刘呐鸥一样,穆时英对上海的再一次感受并不成功;在放弃了孱弱的感觉造反和对感觉的租界的经营之后,并没有找到更为有力的抗击方式。只有施蛰存以教书、翻译和编杂志为业,在孤岛上海度过了令人揪心的八年抗战,度过了令人更为痛心的国共战争并走进了新政权;此后,他获得了被长期埋没、被长期遗忘和被戏剧性地重新发现的奇特命运,历经磨难,终以百岁高龄病逝于他曾经从侧面和背部攻击过的上海。但和他不幸的同仁一样,施蛰存也没有找到比动力学原理更为有力的感觉上海的方式,尽管有一段时间,新生的上海比他曾经攻击过的上海还要变态,还要荒诞,还要可笑。

世事难料,一切都结束了,但一切又似乎才刚刚开始。

2007年4月,北京魏公村

网络时代经典写作的命运

从一杯水开始

一位自己给自己取名为马格利特（René Magritte）的超现实主义画家，在谈到他的作品《黑格尔的节日》时曾说："我最近的一幅画开始于这么一个问题，即怎样以非同寻常的方式画出一杯水？怎样以一种古怪、专横、纤弱但又是天才的方式来描绘一杯水？"实际上，在任何经典的艺术家那里①，眼前的、习见的事物，都不能按照它的原初模样搬进作品世界，也不可能依它的原貌，有如照相一般被挪进艺术空间。诚如弗朗索瓦·达高涅（F. Dagognet）在评价加斯东·巴什拉（G. Bachelard）时所说："死死盯住原初物质不放是要付出代价的。"②在此，这个代价就是牺牲艺术的本真内涵。相对于实存世界，作品从来都具有陌生化的面孔，都应该而且必须具备陌生化的性质，哪怕是水这种我们再熟悉不过的事物。李白诗曰："吟诗作赋北窗里，万言不直一杯水。"李白那杯价值远超"万言"的"水"，和马格利特那杯"水"一样，无论和我们天天都在饮用、每天都在荡涤我们身上污垢的液体何其相似，都已经不再是我们日常生活

---

① 本文把网络文学兴起之前的所有文学写作，都笼统地称作经典写作（它和书写载体、写作的历史承传以及写作的命运密切相关，并不是通常意义上的经典文学），以期和网络文学相区别，而不采取习见的分类方法。本文前五节论述的只是经典文学的基本特征，尽管并没有处处都提到经典两字。特此说明。
② ［法］弗朗索瓦·达高涅：《理性与激情：加斯东·巴什拉传》，尚衡译，北京大学出版社，1997年，第23页。

意义上的水，它业已组成了另一个有关水的世界，或者说，它本身就是那个世界。这个世界上的基本元素不再是氢（H）和氧（O），而是其他元素；这个有关水的世界有它自己的线条、形状、疆域、多变的脾气、性质、呼吸、生殖、青草、土地、阳光和跳动的星辰。它组成了一个完整的世界，它本身就是一个自足的、不依赖任何外在事物的完整世界，不像在现实时空中，水只是构成实存世界众多事物中的一种。

在此，我们有必要承认罗兰·巴尔特（Roland Barthes）的看法的正确性：任何现实世界当中的事物，就它与人的关系而言，从来都存在着三重面貌——真实的、意象的和书写的[①]。的确，"意象的"水才是马格利特和李白"书写的"水的基本来源——书写形态的水和"真实的"水几乎没有任何直接的、不需要多重中介就能进行相互转换的关系。热奈特（Gerard Genette）在评价柏拉图（Plato）的模仿说时，有过这样的话，完全可以和巴尔特的看法联系在一起："柏拉图把模仿与叙事当成完全模仿和不完全模仿对立起来；但是（正如柏拉图本人在《克拉蒂勒》中所指出的那样），完全模仿已不是模仿，而是事物本身。说到最后，唯一的模仿是不完全的模仿。模仿即叙事。"[②]不能说热奈特说得不正确（当然也不全正确），问题是：这种叙事和实存的事物当真有那么多直接的关联么？

来自另一个世界的报道

犹太文学家阿尔弗雷德·德布林（Alfred Doblin）在《叙事体作

[①] 参阅［法］罗兰·巴尔特：《流行体系：符号学与服饰符码》，敖军译，上海人民出版社，2000年，第3-7页。
[②] ［法］热·热奈特：《叙事的界限》，胡经之等编《西方20世纪文论选》卷二，中国社会科学出版社，1989年，第349页。

品的建构》里,就"文学即报道"发出了一个明知故问的疑问:那究竟是怎么一回事呢,当荷马(Homer)开始写史诗的时候,当但丁(Dante Alighieri)穿越地狱,当堂吉诃德骑在马上和桑丘·潘沙骑驴跟在其后的时候——也仅仅是形式上的报道吗?在论述性的文字还没有来得及分段之前,德布林就马上暗示说,那都是关于另一个世界的报道,和真实的、眼前的世界一点关系都没有。——无论叙事作品对事件的报道形式和报纸上的报道形式有着怎样惊人的相似性①。有趣的是,多年来,我们的文学理论在回答文学(即巴尔特意义上的"书写的")与生活(即巴尔特意义上的"真实的")的关系问题时,毫不犹豫地给出了斩钉截铁的答案:文学来源于生活又高于生活。可是,这种理论又该怎样回答马格利特和李白的"水"以及德布林的"报道"呢?在此,我们一贯擅长查漏补缺、拆了帽子补裤裆的文学理论,开出了一剂特殊的两分法药方,以为立马就会起到药到病除的功效:它把来源于生活叫做再现,最明确的例证据传就是巴尔扎克(Honoré de Balzac)式的现实主义描写;把高于生活唤做表现,自以为有效的证据就是诸如马格利特的水那一类的东西。在此,我们倒不妨听听在野党的意见。有关前一点,伊格尔顿(Terry Eagleton)在评价罗兰·巴尔特改写巴尔扎克的《萨拉西纳》而成的狂欢式作品《S/Z》时说:"《萨拉西纳》被证明是现实主义一个'有限度的文本'。这部作品中占支配地位的观点现在看来危机四伏:整部作品充斥着败笔、性别的阉割、资本家财富来源的不明不白,以及在固定的男女情爱的角色中出现的大漏洞。"②有关后一点,早在

---

① 参阅[捷]阿·德布林:《叙事作品的建构》,中国社会科学院外国文学研究所编《布拉格学派及其他》,社会科学文献出版社,1995年,第211-212页。
② [英]特里·伊格尔顿:《文学原理引论》,刘峰等译,文化艺术出版社,1987年,第163页。

几十年前,钱锺书先生就将之嘲讽为"捏造的"和"摸象派"。钱先生揶揄说,我们就取它"捏"着鼻头向壁虚"造"和瞎子摸象的意思①。难道还不好玩吗?

我们就这样长时间误解了我们的文学与艺术。实际上,文学和其他艺术一样,最大的魅力之一,根本就不在于它是否"再现"了世界,也不在于它是否"表现"了生活,而在于它始终致力于创造和建构一种与实存世界毫无直接联系的整体世界和整体生活——无论作品中的世界与生活,看上去和我们眼前的、习见的、理所当然呈现出如此这般模样的世界与生活多么相似。它永远是"书写的"世界与生活,只和"意象的"世界与生活发生关系。文学赞同德布林为它下的定义,因为后者充分维护了文学的尊严,没有把文学降低为生活的摹本、二等品与下士的地位——文学就是自己完整世界里的实体和总司令:它是关于另一个世界的报道。德布林假设过,如果有一位作家向他朗读最近写成的小说,他不会相信该作家作品里的任何一句话会和我们现实时空里发生的任何事件相等同。这恰恰是欣赏文学的首要前提。德布林说得好极了,这正是我和那位作家之间达成的基本默契②。对此有着更为明确、更为精辟表达的,是我所欣赏的一位中国哲学家:艺术"不是思考的对象,而是像神一样的另一个世界,当然艺术不是让我们去相信的,而是让我们去经验那种本来不可能经验到的世界的完整性",文学、艺术世界很完美地描绘出了一个"世界所可能有的那种完整性"③。经验当然早已告诉

---

① 参阅钱锺书:《写在人生边上·释文盲》。
② 参阅[捷]阿·德布林:《叙事作品的建构》,《布拉格学派及其他》,第211-212页。
③ 赵汀阳:《二十二个方案》,辽宁大学出版社,1999年,第260页。

了我们，完整世界、完整生活对于必死的、只能此时此刻存在的个体之人，根本就不可想象：谁敢说他在现实世界上经验了世界的完整性、经历过所有可能的生活（即"完整的生活"）？

碎片与"全"

人在完整生活、整体世界面前，永远都只能是碎片（fragment）。但人（无论他作为文学创作者还是欣赏者）对于完整的渴望，却始终在推动他妄图以一己之碎片来把握完整（"全"）的巨大野心①。屈原在《天问》中以打机关枪和放排炮的方式，一口气问出了"遂古之初，谁传道之？上下未形，何由考之？"等诸如此类的上百个问题，就是这方面的经典证据。"全"只属于上帝，正如《圣经》所说："一切来自你，一切通过你，一切在你之中。"②也正如上帝洋洋得意宣称的那样：只有爷爷我才能"充塞于天地之间"③。"全"不属于海德格尔（Martin Heidegger）所谓此在（Dasein）的人类。但人类的努力，终于把这一痴心妄想转化为现实，那就是我们早已看到却又惨遭我们误解的文学和艺术。正是文学和其他艺术一起，向我们联合报道了另一个既独立于我们的意识之外，又寄存于我们意识之内的完整世界、整体生活依然存在的消息。它向我们详细报道了诸如马格利特的"杯水世界"中一切可能的情报。文学就是有关一

---

① 有关这一点，[瑞]皮亚杰（Jean Piaget）做过详细论述，他认为，人天然对结构的完整性有一种非常强烈的渴望，并从认知心理学的角度对此进行了论证。参阅皮亚杰：《结构主义》，倪连生等译，商务印书馆，1996年，第3—10页。
②《新约·罗马书》11：36。
③《旧约·耶米利书》23：24。

个完整世界、完整生活的消息树。它使碎片状态的人有可能经验上帝的时空,它使人有可能在特定的时刻直接等同于上帝,但又绝不等同于"见性成悟,直指本心"的刹那式永恒。文学不玩这种吊诡的禅学妖术。

本着这样的目标,文学总是现实生活、现实世界的反对者和否定者。文学那种来源于人性深处的目的,宣告了再现说和表现说的破产:文学的目标和目标所要求的方法论,也超越于任何型号的再现说和表现说之上。文学一直在不遗余力地反对任何一种实存的事物,任何包纳于文学形式之中的实存事物,都呈现出罗兰·巴尔特所谓的书写形态,它只对文学建构出的完整世界有效。正如我们不能想象要是孙悟空从《西游记》中走出,真的进入了上海的地铁、北京的王府井商场、巴黎埃菲尔铁塔上的咖啡馆,我们也无法想象,现实中的人进驻文学空间还会不会和现实中的人有相同的心脏和肠胃。在所有对于文学的有名误解中,柏拉图是最有名也最愚蠢的一个。他只看见诗人在恬不知耻地说谎,却没有观察到诗人和他一样,也在建构一种完整的、具有创生意义的世界——任何一个具体的文学世界,都是一次性的,它绝不可能被重复,对于创造者本人,它永远都是初始性的,永远都具有"上帝说要有光""事情就这样成了"的特性。

面对这样的世界,走进这样的生活,我们这些"终有一死的可怜虫"(爱因斯坦语)、悲惨的碎片,总是显得心情复杂。一方面我们会为自己在很短的时间内,居然能够经历一次完整的世界与生活感到满足、感到惬意;另一方面,我们尽管看到了它的全景,却对它的理解呈现出千差万别、五花八门的面貌。长期以来,人们对"有一千个读者就有一千个哈姆雷特"的成因,给出了阐释学和接受美学维度上的解答（我当然不反对这个答案）①，假如我们转换一下思路，把该结果的出现看成是碎片在整体（"全"）面前的卑微，也许我们更能体会到文学和艺术的力量——它无时无刻不在向我们证实，我们卑微的碎片身份尽管可以创造出各种各样的"全"，也可以去经历各种各样以至于无穷的可能世界与可能生活，但它最终更加深刻地证明了我们的卑微与渺小。碎片在"全"面前，永远只能是一个自以为是的"摸象派"：摸见象腿就说是柱子，摸见象耳就说是扇子，摸见象尾呢，那就只好叫做鞭子了……就这样，文学艺术既让我们感到骄傲，又让我们感到沮丧。但骄傲和沮丧的双重性，与各种型号的再现说和表现说都没有任何关系，它只和人性深处碎片对"全"的渴望，以及渴望必然派生出的摸象派密切相关。完成这一渴望的写作技术，根本就不是再现或表现，虽然看上去还真像那么回事情。如果文学真的来源于生活（更为正确的看法刚好相反），文学还能再现出和表现出一种（仅仅只有实存世界这一种）完整的世界和生活吗？恐怕世上还没有足够大的纸张来承载它呢。

虚构的人

每一个人都是从前所有人的集合物累积出来的结果：我们的手、脚以至于每一个器官，都是无数年进化的成果，我们头脑里任何一个现成的观念也同样是别人的产物。我们身上的所有一切都不为我

---

① ［德］H.R.姚斯（Hans R. Jauss）和［德］沃尔夫冈·伊塞尔（Wolfgang Iser）提出了"期待视野"的概念来说明人在阅读文学作品时，从来都是有准备的，从来都不是被动地接受。阅读只是为了在印证自己想法的基础上获得某种意想不到的心灵震动。［德］伽达默尔则将此情景命名为"合法的误读"。参见H.R.姚斯：《接受美学与接受理论》，金元浦等译，辽宁人民出版社，1987年，第316-325、334-385页。

们所独具：每一个人身上的所有成分都既属于自己，又属于他人，既是现实的、血肉的，又是历史的、死去的。就这样，我们从一开始就被虚构了。我们都是虚构的人。我们同时都是他人和历史的影子，我们的血肉之躯、看起来属于我们独有的器官和意识，只是在更加深刻地证实我们被虚构的命运。这是一个古老的故事，它的发生，远在拨开迷雾看见青天的初民以远。从一开始就没有任何一个作家能够逃脱这一宿命。要想把自己从虚构的危险身份中拯救出来，是每一个H.布鲁姆（H.Bloom）意义上的"强力诗人"的天然任务[①]：他通过自己的创造，通过对不同于前人创造出的完整世界、完整生活的创造和建设性努力，使自己真正拥有独具的品质，拥有新的、不同于任何人的库存，从而成为一个现实的人、实存的人，一个新人——尽管无论他怎样努力，他独具的东西和虚构了他的东西相比都是如此之少。这既是文学写作的内在律令，也是每一个不想被虚构的作家的天然使命。

从虚构的人到实存的人的转换，只有通过创造；作家的创造，只是完成这一转换的所有可能创造形式中的一种。正是从这里，我们能够再一次证明米歇尔·福柯（Michel Foucault）的著名论点（福柯的思维言路及例证当然与此不同）：历史是断裂的。因为每一个把自己从虚构的危险境地拖曳出来的作家，从来都以个体形式出现，他和那些始终被虚构的人、暂时被虚构的人形成了鲜明的对比。真正的文学史永远都是断裂的，这种断裂的形象有如一座座拔地而起、互不相连的山峦组成的长长序列。我们之所以把文学史看成是连续

---

① 参阅[美]H.布鲁姆：《影响的焦虑》，徐文博译，三联书店，1992年，第15-29页。

的，可能的原因之一就存在于那些始终被虚构的人身上：他们接受了强力诗人们的独创成果，随着时间的推移，他们甚至把独创成果弄成了常识。就是在这个习见的过程中，始终被虚构的人填充了一座座互不相连的山峰之间的空白和距离，使文学史看上去真像是连续的一样。庸众的双腿对历史的唯一贡献就在这里。在此，有两种情况值得考虑：填充者始终是在地面行走，不可能站在半山腰，更不用说会到达山顶；填充者并不会因为他的填充行为而改变他被虚构的面貌与神情——他在继续着被虚构的命运：他只充当了碎片在"全"面前的观看者角色，他只为再一次被创造出来的整体世界、整体生活所吸引、所掌握、所捕获、所控制、所奴役，完全缺乏把自己从被虚构境地拖曳出来的能力甚至冲动。

向着虚无出发……

完整的世界就是虚构的世界，完整的生活就是虚构的生活，因为除了上帝（我衷心祝愿他能够存在），任何人都不可能生活在它们中间：它们只能出现在纸面上。文学（当然也包括其他艺术）永远站在虚构一边。从这个意义上看，不存在一种叫做现实主义的鬼画符。这种看起来可以被轻易撕掉的世界与生活——希特勒、秦始皇和中国的红卫兵最能理解这中间的要诀——其实具有庞大的危险性，因为它会从两个方面把写作者，那个试图走出虚构身份的"强力诗人"带上被毁灭的道路。一方面，虚构的人身上已经有了太多别人创造出的完整世界、完整生活，他得和它们进行殊死搏斗，一如布鲁姆说过的那样（马格利特对"水"发出的疑问，就是这种搏斗的一个小例证）；另一方面，虚构的世界始终是一个虚无的世界，它的无边无际，它的不知从何开始不知到何处结束，始终在以它的恐怖神情惊吓那个试图扔掉虚构身份的人。它同样要求作家和它进行殊死搏斗。每当战争结束，我们往往会看到，只会有一个残缺不全、浑身硝烟的胜利者。在这里，曾经臭名昭著的非此即彼，陡然之间又回光返照式地变作了香饽饽。

事情总是这样：所有旨在挣脱虚构身份的写作，在开始的时候总是无中生有的，它从第一个字开始，通过和词语商量，已经把写作者置入了广大的虚空之中，置入了漫长的虚无航程之中。一般说来，写作者往往并不知道自己的最终宿营地在哪里。即使他预先设定了航船的抛锚地，写作的天然目标、它要求制造出完整世界的内在律令，依然会很不像话地将这个不想被虚构的危险分子，带向一片片充满着暗礁的未知领域。他预定的抛锚地经常被证明是错误的。要完成对整体世界的构筑，迷路、触礁、充当没有"星期五"的鲁滨逊甚至是道渴而死化为邓林的夸父，就是可以想见的命运。从这个意义上我们可以说，写作就是哥伦布航海，他以为他到达了印度，可后人很快就会向他喊：喂，哥们，那是美洲，你见到的都是些说鸟语的棕色人种，而不是释迦牟尼和菩提树的国土！

快乐地认命吧……

希望以上理解和论述，能够说明网络文学兴起之前文学写作（我们不妨将之唤做经典写作）的一般特征，尽管它看上去有那么一点危言耸听，对于网络文学却不见得有效。实际上，互联网的出现，正在逐渐蚕食上述特征，并且以最终废除上述特征为暗中指归。"暮年一晤非容易，应作生离死别看。"（陈寅恪《赠吴雨僧》）这差不多正是对经典写作在网络时代命运底蕴的较好描述了。几十年前，当电影艺术刚刚探出头来，有着浓厚怀旧倾向的瓦尔特·本雅明就惊呼过，电影所代表的复制艺术（Copy-Art），正在使艺术品的韵味和原真性一步步消失殆尽①。我们不能想象，要是这位"运气奇差"［汉娜·阿伦特（Hannah Arendt）语］的犹太人活到今天，看到下载艺术（Download-Art）已经以它突飞猛进、充满着摇滚精神的姿势迎面向我们撞来时，该会做何表情。在本雅明心目中，任何艺术都有它的本来面目（原真性），都有它独一无二、即时即地的不可替代性（韵味）。放在此处的语境，我们满可以把它误读为：所谓原真性和韵味，就是作家通过创造一个不同于他人创造出的那种完整世界，从而在把自己从被虚构的境地拖曳为实存的人的过程中，赋予被造物以独特秉性。在此行程中，作家永远都是孤独的，他是有了"星期五"之前的鲁滨逊，是只身一人逐日的夸父：他在从事一项孤独的事业——一如海明威（Ernest Hemingway）所说。戴维斯（William Henry Davies）笔下那只孑然一身的蝴蝶，早已给这些鲁滨逊和夸父们做出榜样（Example）：

Here's an example from
A butterfly;
That on a rough, hard rock
Happy can lie;

---

① 参阅本雅明：《机械复制时代的艺术品》，王才勇译，浙江摄影出版社，1993年，第6-10页。

Friendless and all alone
On this unsweetened stone.

发过了感慨以后，让我们再来看看眼前的情况。互联网的出现，为文学写作提供了一个与经典写作截然不同的开放式写作空间，它以令人不可思议的方式消除了时间与空间的界限。在虚拟的信息平台上，它至少从理论的维度，允许无穷多的写作者同时参与同一件作品的写作。每一个写作者都可以有限度地改变、规定、矫正作品的未来走向①。因此，假如这就是网络文学的真正涵义，那么，网络文学写作就不存在一个固定起点，也不存在一个固定终点。这实际上已经宣布了经典写作构造整体世界与整体生活的努力的全面破产。除此之外，还有两点值得考虑。一方面，无论哪种写作者一开始都是虚构的人，即使是他使用了电脑，仍然逃不出这一宿命；另一方面，由于是直接的、多人的共时创作，用于虚构这些写作者的物质材料，也就不仅来源于前人、历史，一如经典写作者们遇到的情况，更有甚者，还来源于同时参与写作的个体之间——他们在同一时间内互相虚构对方，也同时被对方所虚构。这种虚构是即时即地的，它修改了经典写作者之间互相被虚构的那种方式：前者的作用是致命的，因为在网络文学写作中，只有预先接受了被虚构的命运，你才能参与其中，这是网络文学写作的基本前提之一；而在经典写作

---

① 本文在谈到网络文学时，不涉及仅仅是"换笔"之后的那种写作方式——因为这种写作仍然是一种经典写作，不过是用电脑在写作罢了；也不涉及在纸面上写好作品后把它"贴"到互联网上去。至于贴上去的作品再怎样被别的读者删改、重新创作，则属于网络文学了，自然在本文的论域之内。对于前一种情况，我曾有过肤浅的论述，也触及了书写技术对于文学写作带来的重要影响（参阅敬文东《在新的书写工具的挤压下》，《莽原》1999年第4期，第28—40页）。

中，写作者对来自同行的虚构力量始终持一种反击的态势，因为他们在进行着独立的、不依赖于旁人的个人写作。

网络文学写作，一方面宣告了经典写作中挣脱被虚构命运的努力的破产、失效，同时也宣告了，网络文学写作者甘心于被虚构的命运，诚服于被虚构的命运。从这个意义上我们可以被允许说，他们直接把自己心目中的那一个哈姆雷特书写了出来。几乎不需要什么中介，他们的哈姆雷特就可以径直现身，因为网络文学写作从理论上已经取消了写作者和欣赏者的界限：一个人在同一时刻既是写作的人，也是欣赏写作的人，不仅是自己的欣赏者，也同时是他人的写作者。正是这种环环相扣的写作运动提供的摩擦力，才使得网络文学写作空间的巨大开放性能够化为现实。从理论上讲，经典写作那种有头有尾的整一体系（正是在此整一体系中，整体世界才会诞生）已经不复存在：我们不能把无始无终的巨大开放性看作是整体世界①。网络时代的书写者，对于自己被虚构的命运无动于衷。他们乐于迈动庸众的脚步，不承认还有拔地而起、互不相连、旨在使历史断裂而不是连续的山峰的存在。因为人无力充当这样的高峰，它被认为是一种狂妄的、试图偷窥上帝宝座的自不量力。从这种窃取了经典写作里包纳的创造光芒产生出的伪创造中（无贬义），他们获得了狂欢式的快乐。按照某些论者兴高采烈的话说，从这里出现的，才是真正"快乐的文本"，它无头无尾，几乎怎么都行。于是，接下来的口号也就顺理成章了：让我们快乐地认命吧！

---

① 世界只能存在于一定的、有限的形式之中，无始无终的形式并不代表世界的完整性。[参阅苏珊·朗格（Susanne K. Langer）：《情感与形式》，刘大基译，辽宁人民出版社，1983年，第189-201页。]

"行为艺术"

　　经典写作那种可供反复阅读、欣赏的情况在网络写作中将不复存在。一千个哈姆雷特中的九百九十九个已经死去了，只剩下一个还在此时此地嬉皮笑脸，做抓耳挠腮的快乐状。一位网吧间的万事通先生宣布，网络文学已经使对经典写作欣赏中所包含的"多次性"全面破产了，它已经非常民主地打破了经典写作对读者的霸权主义，因为在网络时代，至少在理论上已经破除了读者和作者的界限。一个人在一个特定的时刻，只能见到一个具体的哈姆雷特，而且，这个人也不需要见到另外的九百九十九个。一个已经足够，也就是说，一次完整的欣赏也已经够多了，同样的快乐出现两次，那刚好就是对于"乏味"的定义。是的，无论这个口号会让一部分人怎样高兴，也无论它会让另一部分人（比如本雅明）如何悲哀，一次性的文学写作（或欣赏）反正已经出现了。网络文学写作的一次性，和经典文学写作的一次性有着不同的所指：前者指向一次性的写作和阅读（既然已经消除了写作者和欣赏者之间的界限），而且写作和阅读往往是重合的，它只意味着在同时进行的写作与欣赏中对写作与欣赏的消费；后者则只意味着一次性地对整体世界、整体生活的创造。马格利特的"水"在经典写作中只能是一次性的写作（否则就是模仿或抄袭了），但它可以被无数次地阅读——九百九十九个哈姆雷特和另一个哈姆雷特同时存在。

　　阿伦·卡普罗（Allan Kaprow）把网络文学写作唤做"即兴写作"，他还非常有趣地将"即兴写作"与日常生活中"用过即扔"的快餐盒相提并论。这个比喻十分贴切。网络文学写作的目的仅仅在于：在共同的、开放的信息平台上的书写过程中，多人在共时性地把握文本的走向；在相互被虚构的命运中，体会到那种狂欢式的文本愉悦。从这一点上，用过即扔确实是最理想的。说实话，没有必要否定这种即兴写作和它的结果即兴作品，但它和经典写作所倡导的多次性欣赏比起来，毋宁充当了一种卫生巾的角色（无贬义，只是为了形象地说明问题）。

就这样，网络文学遵循着行为艺术的内在律令。行为艺术在此不仅意味着它是即兴的、一次性的，而且意味着，它可以把虚构的瞬时世界快速地拉进实存的世界与生活。这个世界也可以被看作是一个短暂的整体世界，它和"见性成悟，直指本心"式的刹那永恒有些形似；而消费了这一刹那，整体世界也就土崩瓦解了。这毋宁是在说，虚构就在我们身边，就在我们眼前，只要我们愿意，随时都能将它唤出，并与我们的实存世界相焊接，它由此制造出了一个中间地带：一边是实存世界，一边是虚构的另一个刹那世界，站在交接点上享受着狂欢快感的妙人儿，就叫做网络写作者。经典写作也能让我们看见这一结果，但它们还是有所区别：网络文学写作的虚构只存在于瞬间，后者的虚构不仅是长存的，而且它创造出的整体世界，和实存的世界永远没有焊接点——它也许在实存世界之上，也许在实存世界之下，但就是不和实存世界交界。雅科夫·阿加姆（Yaacov Agam）说，通过网络文学的写作，"我们与三分钟前的自我不同了，再过三分钟，我们又变了"。"我试图创造一种不存在的视觉形态为这种看法造型。形象一出现又消失，什么东西都留不住它。"[①]

---

① 参阅阿尔文·托夫勒（Avin Toffler）：《未来的冲击》，孟广均译，新华出版社，1996年，第148页。

能指的世界

　　因此，与网络文学写作根本就不奢求"全"相适应，它也不在乎航程的去向。他们也会碰到虚无——毕竟网络文学写作以它无始无终的开放性，使它营构的世界看上去和实存的世界更加神似，但这种虚无对他们而言是无所谓的，"走到哪里黑就在哪里歇息"，正是他们寻求快乐的方式：他们不知道自己将会走向何方，但意想不到的地方一定有意想不到的景致。所以，他们乐于在写作中遇到虚无，乐于在虚无中迷路，以便得到意外的惊喜。和经典写作的快乐观不一样，网络文学写作的快乐只存在于狂欢之中（变动不居），它以狂欢为快乐定义，也以狂欢为快乐标明了等次和成色。经典写作的快乐产生于表面上的不快乐之中：它在惊恐、焦虑、触礁的危险中，体会到虚构整体世界和整体生活（"全"）而产生快乐。它是一种内敛的快乐。

　　有的论者认为，在网络书写中，到处都是能指的世界，所指将不再对能指起到调控作用。这的确是真实的。正是所指指挥不了能指，才造就了"到哪儿去都成"的漫游式写作、开放式写作。经典写作中，所指处处管制能指，才使写作朝着营构一个完整世界的方向迈进，尽管这个虚构的世界同样是无穷的，但它看上去却又像是有限的一样。如果他们（网络写作者）本来是想去印度（其实根本就没有预设这样的目的地），最后却出人意料地到达了美洲，也是可以接受的，他们不会像经典写作中受到所指调控的哥伦布那样，迅速返航去向国王报告自己的喜讯。相反，他们将继续向前，以期能到达另一个意想不到的美洲。碰见什么就是什么，捡到篮子里的都是菜，根本不在乎"水"是不是一定要以古怪的、纤弱的、天才的模样进入写作空间。因为这只是一个能指的世界；因为这是一个漫游的、漂泊的并从中产生出一次性快乐的世界。既然用过即扔，那就得尽量长地拖延"用"的时间。

赶紧结束

我不知道上述情景全面来临会在哪一天，但我们可以推知，在网络技术日新月异的年代，这一天不会太过遥远。在网络技术的培养和教育下，注定会诞生一整代全新的、热爱用过即扔的、一次性的行为艺术式的写作者，他们从中将获得不同于经典写作中所能够获得的那种快乐。经典写作对于写作快乐的定义注定将遭到修改，未来的文学也将呈现出全然不同于经典文学所具有的那种特征。

经典文学写作在网络时代的命运就这样定下来了：当整整一代人愿意在写作中甘于他们继续被虚构的命运，经典文学写作的黄昏就已经来到。但这是永远不会走向夜晚的黄昏。甲骨文对"暮"的形象"解释"在这里是有效的：所谓"暮"，就是用"人"手从"草丛"抱"日"而出。经典文学写作也有一只手会从草丛中抱出落日，这只手来源于我们心灵的深处：对"全"的渴望。正是仰仗这一点，经典文学永远会把黄昏留住，而把从早上到黄昏之间的这一长段时间送给了网络文学。

在《论土地与静息》中，伟大的加斯东·巴什拉说，经典写作中的诗歌"不是游戏，而是产生于自然的一种力量，它使人对事物的梦想变得清晰，使我们明白什么是真正的比喻，这类比喻不但从实践角度讲是真实的，而且从梦的冲动角度讲也是真实的"。这个比喻就是来自另一个世界的报道，它是关于人类对"全"永恒的、不灭的梦想的比喻。只是这个比喻的创造者和欣赏者，将会变得越来越少，以至于总有一天几乎会达到不存在的地步。但这些少量的人，传承着来自人类灵魂深处的灯火。他们的举动多少显得有些不合时宜：正如不能因为发明了飞机，人们就放弃了散步，恰恰相反，正因为有了飞机，散步反而显得奢侈起来一样。

2000年11月13—14日，北京看丹桥

鲁迅的语调

1. 鲁迅式破折号……

　　破折号是鲁迅的文字中最常用到的标点符号之一——句号、逗号就不用说了,因为它们只能算标点符号大后宫里的"答应"和"常在",表征的只是文字中的停顿和换气。我们可以随手挑一段鲁迅早年的文字,就可以看出破折号在他那里出现的频率之高达到了何种程度:"……人民与牛马同流,——此就中国而言,夷人别有分类法云,——治之之道,自然应该禁止集合:这方法是对的。……猴子不会说话,猴界即向无风潮,——可是猴界中也没有官,但这又作别论,——确应该虚心取法,反朴归真,则口且不开,文章自灭。"(《坟·春末闲谈》)

　　钟鸣在描述诗人狄金森(Emily Dickinson)的精彩短文里说过,再也没有其他标点能像破折号那样生动地表示出文字自相矛盾的离合状态:"它们一旦跃然纸上,便互相靠拢、接纳、出击、限制,或者挤掉对方,——动词挤掉轻浮的形容词,而名词却排闼薄弱的副词和介词——它们彼此迅速做出反应,进行各种叛变。"(钟鸣《徒步者随录》)从上引鲁迅的文字中可以看出同样的特色:夹在两个横杠("——")之间的内容,也同样夹杂着鲁迅对前后文字所做的补充、提示、解释和修正,当然也有调侃和互否的含混性质在内。两个横杠间的文字和它的前后文字之间,在鲁迅的特殊语势那里,有意识地构成了一种纠缠不清、扭作一团的含混面貌。这当然不仅仅是写作中的换气(句号和逗号可以看作是为了纯粹的换气),更是一种特殊语调在物质上的有形象征,具有鲁迅在语调上的综合性质地。

当在深闺中几乎寂寞地度过了一生的诗人狄金森居然写出了"离家多年的我"(I Years had been from Home)这样的诗句,当她的出版人面对她的众多遗稿,清点之后说出"她在寂寞中写下了1775首向右上角飞扬的诗句"时,究竟意味着什么呢?我碰巧见过狄金森的诗作手稿的几张影印件,那位出版人的确独具慧眼,狄金森的诗句确实在向右上角飞扬,仿佛有一股从正左边依次刮向右上角的清风在吹拂着她的诗句。这是狄金森对自己寂寞的深闺生活的轻微责备。她真正的梦想是走出闺房,成为一个"离家多年的我"。这中间包含着有关无望、无助的痛苦,被具有母性的狄金森用无数个破折号给消除了——正如钟鸣所说。多年以后,布罗茨基(J. Brodsky)也对此赞不绝口,他说,破折号不仅被诗人用来说明心理现象、心绪的雷同,"而且还旨在跳过不言自明的一切"(布罗茨基《文明的孩子》)。尽管布罗茨基赞扬的是他的同胞茨维塔耶娃——一位同样喜欢在爆破语势中使用破折号的伟大女诗人,可是,这些话用在狄金森身上,又有什么不对呢。

……就这样,破折号至少具有了两种完全不同的性质和用途:鲁迅式的和狄金森式的(或茨维塔耶娃式的)。狄金森式的破折号显然意味着:我的痛苦不必全部说出来,我的寂寞具有坚定的质地,我即使把它们全部省略,我也能找到进入寂寞和痛苦的秘密通道——破折号的确构成了我们这些后来者进占、窥探诗人狄金森心房的地下暗道。正是笔直的、高度俭省情绪内容的破折号，促成了狄金森向右上角飞扬的诗句。狄金森式破折号是一支皇帝才能使用的御笔，会随时像秋决一样划掉过多的文字：它是打在文字上面的、旨在擦去文字本身的红线。在狄金森那里，我们听见的是文字罪犯人头落地的声音。鲁迅式破折号却意味着：他虽然身体残破，却有着太多的话要说，他的任务太艰巨，他一直试图在个人的有趣人生和社会现实的无聊之间努力寻找一个契合点、平衡点。出于这个平衡点具有过多不可解释的、难以捉摸的、不确定的阿基米德点的含混性质，鲁迅式破折号的用途绝对不是为了删除，而是为了增添和续弦。鲁迅式破折号是一个巨大的扁担，它的两头挂满了过于沉重的箩筐：一边是时代和社会的黑暗以及黑暗对他的高度挤压，另一边则是内心的极度躁动、心绪上的高度激愤。因此，破折号在鲁迅那里有着分裂的危险神色。鲁迅式破折号也为我们理解鲁迅提供了一条隐蔽线索。

　　鲁迅式破折号首先导致了鲁迅语调上两个相互关联的特性：**犹豫和结巴**。早中期的鲁迅（亦即鲁迅研究界所谓1927年以前的鲁迅）对自己说出的话有一种拿捏不定的面孔（犹豫），就是这种游离、飘忽的特性，导致了他言说时的结巴——在众多小鲁迅那里，结巴被处理为有意的晦涩和欲说还休。鲁迅坦白道："我没有什么话要说，也没有什么文章要做，但有一种自害的脾气，是有时不免呐喊几声，想给人们去添点热闹。"（《华盖集续编·〈阿Q正传的成因〉》）在这个很可能是真实的坦白中，包含着的不正有犹豫的意思么？

　　写作（也包括言说和讲话）只是鲁迅一个十分明显和巨大的假动作，他的目的是想有趣地填充自己的空白人生。在此前提下（或与此同时）也希望对自己的时代有所贡献、有所意义。但是，现实在他眼里的无聊、荒诞和无耻，使得有趣人生的填空运动始终无法圆满完成。这个诚实、认真的人，这个鲁迅，始终无法在有趣填充人生和无聊现实之间寻找到真正的平衡，这使得他终于只能集懒得说（写）、不得不说、只好说以及说了也白说的无奈脸孔于一身。犹豫和结巴正是上述一切带出来的后果之一。从这里，我们看出了鲁迅式破折号在其中的作用：夹在两个横杠之间的内容不仅构成了对前后文字的解释和补充，更有修正、否定和有意调侃的意味（即鲁迅式不带笑意的幽默）。这就是卡夫卡式的特殊悖谬法（paradox）在鲁迅那里改头换面的妙用：破折号使鲁迅在写作的早中期忙于说出自己的话，又忙于否定自己的话，并且在说出的和否定说出的之间颠沛流离（《坟·后记》：我害怕我的读者中了我的毒）。犹豫和结巴在动作上的如此特性，使鲁迅的语调充满了怀疑：不仅怀疑无聊的社会和时代，也怀疑自己的"说"。

布罗茨基指着同样喜欢破折号的茨维塔耶娃的背影，对酷爱形容和特别喜欢用言语织体编织传说的俄罗斯说：看啦，正是她和她的破折号，删除了20世纪俄国文学中许多浮肿的东西（布罗茨基《文明的孩子》）。这种浮肿的东西也就是有人说过的：如果只把俄国文学看作屠格涅夫和托尔斯泰的文学，俄国文学的形象无非就是充斥着从疯人院逃走的疯子形象，或者，还没有来得及被送进疯人院的精神病患者的形象。这些形象实际上就是言过其实的、在事境面前防卫过当的怀疑者的形象。鲁迅式破折号恰好没有它在茨维塔耶娃那里的功能。通过破折号带来的语调上的犹豫和结巴，鲁迅为中国文学补充了很多东西；他补充的东西恰恰是中国文学（还有文化）一贯缺少的——这就是屠格涅夫、陀思妥耶夫斯基疯子式的怀疑。鲁迅的狂人就是这方面的典型例证。在《狂人日记》里，我们从狂人时而滔滔不绝，时而结结巴巴的语势中，正好看见了那个巨大的破折号。怀疑意味着批判和抨击。可以想见，对一个在生理上口齿很流利的人来说，文字上的犹豫和结巴只能象征着他不能毫不犹豫地说出，即便他的怀疑也是谨小慎微和胆战心惊的（那位怀疑主义者狂人后来不就赴"某地候补"了吗）。孔子说过，我们要临事而惧。中国的传统文化带来的后果之一就是起哄的公众和盲目的轻信，怀疑主义似的结结巴巴、犹豫不决地陈述经义是要遭到谴责的（陈述经义需要慷慨激昂和坚定不移的音势）。正是从这个意义上，鲁迅式破折号绝不仅仅是使用的技巧，也不仅仅是写作中的换气，它分明具有某种本体论的涵义。这也是鲁迅那么喜欢使用破折号并给它赋予那么多重大任务的根本原因。

狄金森式破折号的省略与删除有一个重大理由：她的写作仅仅是为了填充自己寂寞的、空白的人生，写作能让她觉得有趣并从中获得快感。她的写作只是为了让自己"看"。狄金森生前几乎从未主动发表过诗作，正好和她的破折号有着内在的高度一致性。鲁迅式破折号意味着增添——不管是肯定性的增添还是否定式的增添，都绝不是为了省略。这也有源于他自身的重大理由：鲁迅的写作，除了有趣填充自己的空白人生和解决自己的无聊，也有改变中国现实的动机在内（即主动向时代的意义投诚）。这自然意味着，鲁迅的写作不仅要对他本人有效，也希望对社会和时代有效；不仅要给自己"看"，也希望能让社会"看"。就是这个原因，使得省略一开始就不是鲁迅式破折号的天然属性。

由于鲁迅多次貌似坚定地反对为文学而文学，使诗人钟鸣所谓的"方脑袋理论家"们往往忘记了鲁迅还存在着利己的一面,从而夸大了利他的一面。尽管鲁迅从有趣填充空白人生和改造社会(即鲁迅式革命)之中,最终获得的是严重的无聊感、失败感和虚无感,但他的写作和写作透露出的特殊语调,依然和他独特的破折号有着高度的内在一致性。

2. 中国语调……

诺斯洛普·弗莱(Northrop Frye)说过,智慧是长者的方式。这用在孔子和老子两位贤哲身上真是再贴切不过。这两位人物的智慧奠定了老年中国的基本音质——假如说中国在文化上的确有一个所谓的"轴心时代",孔子和老子的智慧无疑奠定了中国语调上的轴心时代:中国语调的最强音就是苍老和沉重。"子在川上曰:逝者如斯夫!""天地不仁,以万物为刍狗""天长地久"……相信正是那样的言说方式开启了中国语调的先河。"亡国之音哀以思""乱世之音怨以怒""治世之音安以乐"……(《诗·大序》)则是中国语调过早到来的总结和纲要。表征年轻的笑意在中国语调中一开始就被删除了。

犹太人在耶稣受难时发出过嘲笑,因而被判永久性地流浪直至末日审判,其流风所及,直到奥斯维辛之后,甚至阿多诺(T. Adorno)都认为再写诗就是一件可耻的行为。《创世纪》记载了一件有关笑的神学轶事,说的是在听耶和华布道时,撒拉不知是哪根神经动了一下不禁微笑(绝不是大笑)了。耶和华指斥了他,但撒拉否认:"我没有笑!"可耶和华坚持说:"不,你确实笑了,撒拉!"依照耶和华的脾气［根据有些人的看法，耶和华最初是一位残忍的战神，而不是慈悲的拯救之神，参阅艾斯勒（Riane Eisler）《圣杯与剑》］，撒拉会有什么样的结局人们不妨去猜测一下。和大多数庄严的神学一样，孔子和老子的语调同样是反对笑声的，这一天条在中国文化的发展中越往后推移，笑声在被指责中，越遭到了广泛的怀疑、打击、削减直到消失。笑被认为是对四平八稳、雍容大度、按照中庸之道的比例尺测量过的中国文化经义的冒犯。是一种轻薄的行为。我们只有从无聊的诗人（比如李白）和文人（比如李渔、冯梦龙）那里，才能偶尔听到一些肤浅的笑声，看到一些肤浅的笑意。苍老和沉重是坚决反对笑声的。这使得一位名叫李廷彦的哥们儿为了做出好诗，不禁杜撰出"舍弟江南没，家兄塞北亡"这样不祥的句子（孔齐《至正直记》卷四），尽管他的家兄、舍弟都活得好好的。

中国语调有一种深入骨髓的悲凉，那是一种老年的、饱经沧桑的语调。这种腔调在季节上对应的是秋天——所谓"何处合成愁，离人心上秋"；在昼夜上对应的是黄昏——所谓"夕阳无限好，只是近黄昏"。少年中国在汉语中几乎是从不存在的，至少我们已经无法追溯了，也不知道少年中国在三皇五帝时期究竟存在过没有（按照《尚书》的特有的调门来判断，估计三皇五帝时代也不曾有过）。这种腔调是哭泣前的禁止哭泣，是卡在喉头处的哽咽：它合乎中庸之道——大哭和大笑都是反中庸的。清人汪景祺说："忆少年豪迈不羁，谓悠悠斯世无一可与友者，骂坐之灌将军，放狂之祢处士，一言不合，不难挺刃而斗……"这种偶尔的年轻和轻狂只在一眨眼之间，很快到来的却是："青春背我，黄卷笑人。意绪如此其荒芜，病躯如此其委顿。间关历数千里，贫困饥驱，自问生平都无是处。"（汪景祺《读书堂西征随笔·序》)有趣得很,汪景祺也用到了"笑",但"笑"在这里显然和在撒拉处大不一样,它分明已有了一种嘲讽的意味,它是对反抗苍老、沉重语调之人的挞伐,是奉献给这些权威语调的不法分子的嘘声,是苍老、沉重的老年语调的看门人和守夜者,也是语调中的警察和法官。

鲁迅对此颇有体会,他为这种病态的老年腔调画了一幅像:中国的文人最喜欢在积雪时分,由丫鬟或侍者扶持着去看看病梅,吐两口血,然后再吟两句诗——至于吟的诗是清爽的还是沉重、苍凉的,我们甚至不用对此发生疑问;在另一处,鲁迅又把中国诗人称作"瘦的诗人":这些家伙的泪腺尤其发达,见残花就要下泪。尽管这很不合中国语调上的中庸之道,但流泪毕竟还算是表达了苍老、沉重语调的终极特色,语调上的中庸之道对此也只有睁一只眼闭一只眼。韩愈曾为此辩护过,说什么"气盛则言之短长与声之高下者皆宜"。提倡过"夫物不平则鸣"的韩愈一定很清楚,他这样说得有一个前提:无论"言之短长"还是"声之高下",都被沉重、苍老的语调预先浸泡过。在中国,几乎所有的语调,哪怕是貌似年轻、柔软和慷慨激昂的语调,都无不打上老年调门的音色。即使是号称"老夫聊发少年狂"的苏轼,其慷慨激昂表象掩盖之下的,依然是一介"聊发"一下"少年狂"的"老夫"而已。

在一次演讲中,鲁迅从声音的角度,将我华夏神州定义为"无声的中国"(《三闲集·无声的中国》)。这当然不是什么比喻性的说法。鲁迅无疑参透了中国调门的特殊性:单一的语调,哪怕这种单一性仅仅是有如价值规律那般的中轴,围绕它上下波动的价格幅度始终被中轴控制一样,即使苍凉、沉重的老年语调也充当了这样的中轴角色，围绕着它上下浮动的还有其他语调，但这种单一性带来的最终结局仍然是一鹿高鸣，万鹿俱寂。它也控制了其他语调的振幅。无声的中国也就来临了。在鲁迅早期的大作《摩罗诗力说》里，他写道："人有读古国文化史者，循代而下，至于卷末，必凄以有所觉，如脱春温而入于秋肃，勾萌绝朕，枯槁在前，吾无以名，姑谓之萧条而止。"在文末鲁迅大声疾呼："今索诸中国，为精神界之战士者安在？有作至诚之声，致吾人于善美刚健者乎？有作温煦之声，援吾人出于荒寒者乎？家国荒矣，而赋最末哀歌，以诉天下贻后人之耶利米，且未之有也。"可这样的言说，依然只能算一个少年老头对中国语调的沉重陈述：鲁迅本人的语调和他所描述的对象性语调达到了惊人的一致性——这是一种**本地语调**，尽管鲁迅在自己的写作中，引进了他自己意义上的破折号。

中国传统语调是一种没有破折号参与其中的调门，它拒绝破折号：在苍老和沉重的音色中，包含着毋庸置疑的坚定性（即霸道性），它不允许被篡改，更不允许被矫正。破折号带来的犹豫和口吃，是苍老、沉重的中国调门坚决不允许的。它的坚定性意味着自己始终真理在握，所谓"天不变，道亦不变"，所谓圣人之言也，与天地江海相始终。任何人只要在言说时胆敢怀疑或以怀疑的语气说出它，谁就会遭到比笑话耶稣的犹太人更加悲惨的流放命运。因此，破折号是绝对要遭到中国语调排斥的标点符号，无论是狄金森式的，还是鲁迅式的。因为中国语调绝对不允许减损、删除自己自以为是的真理，也绝对不允许有人怀疑它的真理嘴脸。

鲁迅说："这语法的不精密，就在证明思路的不精密，换一句话，就是脑筋有些胡涂。倘若永远用着胡涂话，即使读的时候，滔滔而下,但归根结蒂,所得的还是一个胡涂的影子。"(《二心集·关于翻译的通信》)不要把这段话仅仅看作鲁迅对无声的中国的把脉(当然也不仅仅是在拿中国的文法和西方语言的文法作比较),更重要的是,它在为鲁迅早中期之所以要使用破折号寻找理由。破折号在鲁迅的文字中大面积出现,已经先在地证明:他的语调在坚决排斥中国的传统语调。他已经明白:语法的不精密,最终导致的是逻辑的脆弱。中国古老语调的老年嘴脸,倡导的就是弗莱所说的那种老年智慧。它旨在强调一种经验逻辑。《大学》说"修身、齐家、治国、平天下",而我们根本找不到这几种不同形态的事件之间会有什么真正可靠的逻辑承传。老年智慧的核心,就是不可更改的经验逻辑(李泽厚先生在《中国古代思想史论》里把它称之为"实用理性")。尽管和康德所谓的纯粹理性相比,实用理性只是一种手工作坊阶段的逻辑形式,有着相当的原始初民的思维色彩,但它的坚定性却被认为是预先的。这正如一个孩子尽管不饿,哪怕只是恶作剧似的哭着说"我要苹果",却根本不需要论证他为什么要苹果一样,中国语调带出的逻辑形式只负责说出结果,顶多胡乱给自己的结果找一些莫名其妙的"爸爸"理由,但永远不顾理由和结果之间的任何通道是否真的有效。鲁迅式破折号在这一点上打破了中国的传统语调,以它天然带出来的犹豫和口吃(即怀疑)。

3. 本地语调……

中国老年语调的种种特质(苍凉、沉重、坚定或霸道)和鲁迅的语调之间,构成了非常强烈的冲突。这首先是基于中国的语调是不允许被怀疑的。不幸的是,鲁迅式破折号带来的扭结质地,引发出的恰恰是广泛的怀疑。怀疑主义语调在中国历史上向来就没有好果子吃。在中国正宗语调的威逼利诱下,怀疑语气要么发不出来,要么那个表达怀疑语气的问号(？)肯定会被抹去——无论是被别人的刀斧抹去,还是自我抹去。屈原在《天问》中对生命本体发出一连串疑问后投江自尽;李贽在《焚书》里给了儒家经典某种有限度的结巴性解释,最后只好在狱中割脉自绝于中国文化;吕留良因为怀疑清人的正宗统治地位,引述同样被清人遵从的儒家经典给予反驳,结果落得满门抄斩和被鞭尸的悲惨下场⋯⋯凡此种种,都从不同方面为中国正宗语调和怀疑主义语调之间的冲突,贡献出了可以分析的绝好样本。破折号赠送给鲁迅的怀疑精神,由于时代的不同,恰好又有着幸运的一面:正是它,使鲁迅的语调和鲁迅身处的时代有着内在的同一性。

  鲁迅的语调充满了苍凉、激愤、讽刺、反讽、强硬和偶尔的高音量。上述种种的和合,与一个怀疑的时代(即五四时代)刚好吻合。后人(即"鲁学"家们)往往称鲁迅为战士,尽管没有明说,但依然指称的是鲁迅特有的语调,或战士身份至少可以落实到鲁迅特有的语调上。无论是他的社会批评、文化批评还是怒不可遏的骂人,鲁迅的语调上的多种特质(比如苍凉、激愤、讽刺、反讽、强硬和偶尔的高音量)依靠不同的比例进行相互转换,实际上,为战士形象的生成起到了极大的作用。夹在两个横杠之间的文字体现出的种种特色,也促成了战士形象的自然到来——鲁迅的"战士"身份最终有必要落实到语调上来考察,因为他毕竟还不是一位靠"打"而是一位靠"说"的"战士"。

尽管破折号给鲁迅带来了特殊的语调和音势，但在骨子里，它仍然是一种本地语调：它和正宗的中国语调有着相当的一致性。正如鲁迅所说的，抓住自己的头发不可能飞离地球，他本人也无法彻底逃脱中国老年语调对自己的规范。正是这一点，给他带来了几乎毁灭性的后果（这一点容后再说）。

鲁迅所处的时代是中国历史上少有的青年时代，梁启超把它呼之为"少年中国"，并总结出了该"少年中国"的种种特质和希望之所在，甚至还给了"少年中国"一个英气勃发的虚拟形象（梁启超《少年中国说》）。鲁迅的苍凉语调和这个号称"少年中国"的整体语境是不相容的。在广泛的怀疑主义的指引下，整个中国在那时出现了新兴的迹象，一代人在对中国正宗语调发生了极大的怀疑后，很幸运，他们找到了自以为可以相信和值得尊崇的东西，一忽而是进化论，一忽而是实用主义，一忽而是三民主义，一忽而又来了无政府主义和社会主义……各种理想和学说走马灯般相继登场亮相，各有各的忠实信徒。五四一代的语调是高亢的、青春勃发式的，在怀疑之中蕴涵着深深的"信"。郭沫若的大声吼叫，陈独秀、胡适等人一方面既不允许中国传统语调的正宗传人有反驳余地的豪迈宣言，一方面勇猛绝伦地拼命向前，宣告了光明的境地和可以信赖的境地就在前边不远的地方。有趣的是，郭沫若等人也非常喜欢使用破折号（《女神》中破折号就比比皆是），但他们的破折号却有着如下双重性质：既宣告了旧有事物的破产，甚至不值得与之争辩，又宣告了未来的方向。这毋宁是说，五四一代的破折号的真正用途是省略和预示。所谓省略，就是以轻蔑的态度一笔勾销几千年来的老年语调；所谓预示，就是破折号有如一个箭头，它指明的正是使用破折号者的前进方向。那是一块路碑，一个指示牌，一个乐观的音符，浑身洋溢着充沛的力气，也是一个音量渐次增高的指示符，是从勃起的身体上斩下的一段肉体，它的生命力之强、音量之高，仿佛离开母体依然能够充沛地行走。它没有犹豫和口吃，更没有苍老和激愤，甚至连怀疑的语调也早已被掩盖……

破折号给早中期的鲁迅（即1927年以前的鲁迅）带来了游弋、飘忽、动荡和怀疑，不只是怀疑中国传统的老年语调，也怀疑自己的时代的青春语气。因此，鲁迅在诉说希望时和郭沫若、胡适等人较为相反，使用的是鲁迅牌破折号天然带出来的犹豫和口吃的音势。鲁迅说，因为那时的主将是不主张消极的，所以他才出乎自己本意地凭空在革命者夏瑜的坟前，安放了一个无主名的花环（《呐喊·自序》，《呐喊·药》）。在此，他显然在强迫自己有意破坏鲁迅式破折号的原始功能。但鲁迅对自己的破坏很快就被证明为是不成功的。

正如我们早已看见的那样，鲁迅很快就沿着破折号指引的方向踏上了自己应该走的道路。在20世纪二三十年代之交爆发过的革命文学论争中，革命文学的诸多赞美者对鲁迅围追堵截，并把他称作封建遗老遗少的同盟，尽管可能会有偏差（对此本文接下来有较为详细的论述），但也确实道明了：鲁迅式破折号根本就不是郭沫若式破折号的同志。

虽然本地语调和中国传统语调有冲突，但鲁迅的本地语调的老年色彩却是毋庸置疑的。他苍老、喑哑的音势构成了和时代语调为"敌"的真面目。在"革命文学"大争论中，几乎所有青年作家、革命作家都把鲁迅看作他们的"绊脚石""拦路虎"和最大的反动派，坦率地说，并不全是无的放矢。在任何他的同辈或同时代人觉得值得信赖的地方，鲁迅都会在鲁迅牌破折号的指引下，以弗莱所谓的老年智慧给否定掉，至少也要对此保持相当的怀疑。鲁迅不是时代的代表，而是他的时代的"叛徒"和"敌人"。从语调的角度看，这个结论来得更加正确无比。由此，他的艰难跋涉本身就带有怀疑主义的色彩，至于斜视、踹击、给白天施割礼以及和夜间的鬼魂接头，就更是怀疑主义者的标准动作，而他在无物之阵上的肉搏也更把鲁迅式破折号的天然含义彻底形象化了。因为本地语调中和中国语调相一致的那部分（即老年智慧、苍老和喑哑），有着饱经沧桑因而能够看穿一切的秉性，它可以对一切在别人看来可信的东西中发现不稳定的根源。而这，既给鲁迅带来了力量，使他的目光有着异乎寻常的洞穿力，也给他带去了终身的痛苦。他的全部言说，的确是在破折号的指引下对任何问题都采取的看似贴近实则游离和不信任的斜视，都无一例外地浸透了老年的苍老腔调。

本地语调真实地表明了：鲁迅的秋天过早地来到了他身上；在别人准备收获的季节里，他只是在以讥讽的眼光暗自打量别人的收获（正在办《拓荒》杂志的鲁迅就曾讽刺办另一本杂志的人说，看哪，我们还在"拓荒"，人家就开始"收获"了），并用老年语调说出来。鲁迅的秋天没有累累的果实，有的仅是秋天高而且远并且萧条的天空。那里空无一物，却回荡着一个饱经沧桑者的苍老语调——

赤脚从空中走过，有如你的大部分光阴：
为瘦小的双手系紧铁鞋
用睡眼消磨战争和夏季。樱桃为他而泣血。

（保罗·策兰《马蹄铁的嚓嚓声回荡在樱桃树的枝丫里》）

4. 伪冲突……

鲁迅的本地语调毕竟有着和传统语调相背离的特质，那就是它的怀疑色彩。鲁迅牌破折号与郭沫若辈的破折号之间的区别是：虽然后者也怀疑，但它省略掉了怀疑，或者掩盖了怀疑，或者不屑于怀疑，所有的动作只是为了"信"，也只指向"信"；鲁迅牌破折号的主要任务就是怀疑，不仅怀疑传统语调、怀疑本时代的青春语调，也怀疑自己和自己的怀疑本身。郭沫若式破折号很少具有自我怀疑的精神，它的所指是传统与时代，尽管这有着非常隐秘的神色。

胡里奥·科塔萨尔（Julio Cortázar）在解释自己的文学生涯时说，我的真正目的是要证明某一项事业的失败而不是成功。鲁迅的大多数文字让我们有理由认为，这也是鲁迅的口气。鲁迅的一生，都在曲曲折折地证明失败。正如他有能力"看见"铁屋子（通过缩减的方式），却没有能力看见胜利（即打翻铁屋子）。——也许这才是本地语调的实质。他语调上的苍老、沉重都和这一实质有关。本雅明说过，理解卡夫卡的准确途径是把他当作一位失败者。理解鲁迅也一样。比起卡夫卡来，鲁迅无疑更加悲惨：因为前者承认失败也乐于失败，并从失败中获得了某种程度的幸福感和解脱感。卡夫卡通过对失败的体验最终获得了安全感。而后者是不堪失败，在忍受失败，在用苍老的语调述说和控诉失败。失败是鲁迅的痛苦之物，却刚好是卡夫卡的亲和之物。他像胡里奥·科塔萨尔一样，证明了某一项事业最终的不成功。

鲁迅的犹豫、口吃归根到底是和失败的生命相吻合的。他不像卡夫卡那样信仰失败,而是尽可能地摆脱失败。我们都看见了,失败哪里是说摆脱就能够摆脱得了的东西呢?就是这个隐秘的心理动因,使1927年前的鲁迅在破折号的牵引下产生的过多的犹豫、口吃、战战兢兢、怀疑一切也怀疑自己的本地语调,很快转渡为宁可怀疑一切,却独独不准备怀疑自己怀疑式的激昂语调。由此,鲁迅的语调开始真正成为和正宗语调(即传统的中国语调)从骨子里就相一致的本地语调:因为正宗的传统语调除了排斥和怀疑别人的语调,只相信自己的正确。本地语调和传统语调之间的冲突在鲁迅写作生涯的晚期(1927年以后),只能是一种伪冲突。这种伪冲突的确瞒过了许多人,其中甚至包括了大量依靠鲁迅吃饭的研究者,他们以为鲁迅始终是一位坚定的反传统者,却没有发现鲁迅和传统在血缘上有着难以分割的纽带。"伪冲突"是鲁迅为我们设置的众多难以察觉的迷宫中的一座,有着威廉·梅瑞狄斯(William Meredith)所谓"狡猾的智慧"的面孔。

这在鲁迅那里当然是一桩辛酸的事情。尽管这个世界并没有有关人生价值的集体性真理,但必定会有有关个人人生价值方面的信仰。这是肉身的必需要求,是人的身体的存活的先决条件。信仰一直在等待它"法定"的主人。对每一个活生生的肉体,信仰都是必须在场的。必须要有一个可信之物——哪怕只对自己有效——肉体才能寄居下去。肉体反对怀疑一切;怀疑一切的结果注定会是死路一条(想想自杀的凡·高、海明威、马雅可夫斯基吧)。对于这一点,鲁迅是再清楚不过的了,他说,虽然自己也是并不可信的,但在所有不可信之物中,还是信任我自己吧。他就是这么说的。他曾多次这么说过。鲁迅对那么多人与事的猛烈攻击和刻薄嘲讽并充当他们

（即鲁迅语境中的"正人君子"和"绅士"）的小丑和谣言家，都毫无疑问地经过了这一基准线的丈量。鲁迅就这样奇迹般地将在他那里堪称"辛酸的事情"，转化为批判的高昂音势。

鲁迅的语调最终走回了传统的中国语调。他是通过对自己的破折号的独有涵义进行彻底反动来完成这一过程的。这显然出乎鲁迅的意料，但并不意味着鲁迅式破折号从此会走上狄金森式的或郭沫若式的。它依然是鲁迅式的：提高音量，毫不犹豫地怀疑一切，把自己当作正确或接近于正确的标准，用老年智慧的语调指斥他人和教训他人。——这在鲁迅的晚年（可从1927年算起）表现得越来越明显。鲁迅原教旨意义上的破折号在其晚年已经不复存在。

随着结巴、犹豫的相继离去，本地语调得以最终成型。本地语调最伟大的版本体现在这句话里："一个也不宽恕。"这约等于说，除了自己（最好是除了自己），每一个他曾经教训过的人都是不可以被原谅的。伟大的蒲柏（Alexander Pope）曾经说过，犯错误的是人，原谅人的永远只能是上帝。鲁迅分明已经摆出一副教主的架势了，并且完好无缺地把它保持到临终之前。而这，就是本地语调在最极端的情况下最现实的结局。

破折号在鲁迅那里已经在涵义上发生了大逆转。夹在两个横杠之间的文字，曾经表征了鲁迅在偏执、激愤之中暗含的自我怀疑，但越到晚年，他越加稀少地赋予破折号自我怀疑的功能。破折号指引的方向，最终指向了鲁迅牌破折号的主人的正确，而不是自我怀疑。仿佛一个挑起拇指指着自己鼻子的人，究竟是在表示夸耀，还是表达自己的绝对正确和毋庸置疑？那个破折号在性质上也如同郭沫若式破折号一样，最终指明了一条唯一可去的方向。它仍然是一张指示牌，一块路碑，只不过方向不同而已（鲁迅是指向了自己的正确性，郭沫若则指向了未来的某个地方），也如同狄金森式的破折号，快速省略了许多外部风景、他者的正确、对话的必要性，把最后一块可信的地盘单单留给了自己。但鲁迅式破折号最终都采取了对郭沫若式、狄金森式破折号所指方向的讨厌以及省略。

　　鲁迅最后只好把他一己的肉身对信仰的要求终于转换为准真理。从个人信仰到集体真理的转渡（真理意味着大家都必须遵从和同意），依靠的正是对隐喻意义上的破折号的原始功能（犹豫，口吃）的逆转。我们长期以来都以为鲁迅标明了中国文化未来的方向，但我们往往忽略了鲁迅牌破折号的箭头最后究竟指向了谁。好在我们其实从来也没有把鲁迅当作未来中国文化的方向。我们对鲁迅的态度向来都是"叶公"对"龙"的态度。集体性的价值真理从来都不存在，不管是以怎样激愤的高音量说出它，也不管用如何高亢的语调把它甩向我们。

　　由于破折号原始功能被减损掉，鲁迅的本地语调中蕴涵的霸道性（这和中国传统语调有没有一致性呢？）也就生成了。许多人把这种霸道性误认为勇敢、勇猛绝伦和坚定，误认为那刚好就是决不妥协的战斗精神。或许这都不错。希特勒在他自认为毋庸置疑的法西斯主义的指引下一个犹太人也不宽恕，难道就不算勇敢、坚定和勇猛绝伦？语调的霸道，一有可能，也就是说，机会一旦成熟，很快就能转化为毁灭性的暴力。如果不信，你可以去地狱访问一下专事话语权力分析的米歇尔·福柯（窥破了人间至法的福柯也肯定下了地狱）。

　　我们从小都听说过，中国是礼仪之邦，最讲究中庸之道，所以汉语中的声音从来都在从容地迈着四方步。情形并不是这样。汉语的偏执、霸道成分一开始就带来了排斥异己的音势，中庸之道不过是一种理想的状态，一个比喻性的说法，一种漂亮的修辞，一句胡话。当年董仲舒上书皇帝独尊儒术，究竟还有没有一丝中庸之道的痕迹？难道中庸之道不正大写在他的儒术中？难道被"罢黜"的百家没有一家是正确的？鲁迅的本地语调正是在苍老、沉重和霸道的秉性上——也只在这一点上——最终和传统语调达到了一致，尽管这在鲁迅那里很晚才成型（可以从1927年算起。我们早就都听许多小鲁迅说，1927年是鲁迅思想转向的一个时间刻度），尽管他也曾经使用过破折号的原始功能，希图给自己的语调输入异质的犹豫和结巴。鲁迅失败了，他从另一个意义上成了中国语调的同盟，他以自己的本地语调从侧面补充了中国的传统语调，尽管这看起来非常可疑。

　　让我再说一次：一个人饱经沧桑而后能成为诗人是诗人的幸运；一个人饱经沧桑而后能成为充满爱意的诗人无疑就是诗的幸运。后一个"幸运"一直是我们这个古老民族语调中最为缺乏的音色。杜甫被后人尊敬，往往被看作是因为他表达了"致君尧舜上，再使风俗淳"。诗人笔下孤儿寡母的哭声和对弱小者的哽咽语调，最多只成为学术研究中旁逸斜出的一笔。是杜甫而不是其他人更大程度地修改了传统语调（这当然是有限的），这是很多号称研究家的人没有看清楚的。我们是不是也可以同样说，许多人在赞扬鲁迅时有必要把他的本地语调，尤其是其中的霸道性放在一块儿大加赞扬吗？

1999年11月，北京看丹桥

瞪眼的意识形态

1. 瞪眼……

从中国大陆所有关于鲁迅的肖像画上，我们都能注意到画家对鲁迅眼神的重视：它的光线逼人而来，仿佛要洞穿一切，甚至连空无也不打算放过。一位无名的电车售票员曾在鲁迅晚年有幸见过鲁迅一面，在前者后来写的一篇很短的纪念鲁迅的文章里，多次提到病中鲁迅的犀利眼神（阿累《一面》），和画家们笔下鲁迅的目光有着异曲同工之妙。多亏了电车售票员，让我们这些晚生几十年的后人们才能够得知，即使临近生命终了，鲁迅的眼神依然有着逼人的力量。——他历经沧桑，穿过过多的黑暗，仍然把自己目光的锋利，完好无缺地保持到了晚年。

几乎所有的画家都把鲁迅的目光处理成了向上倔起的眼神。这无疑是正确的。因为向上倔起的眼神和鲁迅的文字有着惊人的内在一致性。他的目光越过了自己身处的黑暗的时代之山，和遥远但又同样黑暗的历史事实接通了。向上倔起的眼神为鲁迅的目光提供了惊人的深刻性：它帮助鲁迅洞穿了今天中所包孕的几乎全部历史内容。"白头灯影凉宵里，一局残棋见六朝。"（钱谦益《金陵后观棋》）鲁迅文字里时而文白夹杂、拗口晦涩、独具风格的话语流，无疑和向上倔起的目光也有着相当直接的关系。

但鲁迅眼神中所蕴涵的笨拙的力量，却被画家们善意地忽略了。这一遗忘是致命的，因为笨拙的力量是理解鲁迅眼神最有效的钥匙之一。向上倔起的、高昂的目光，绝不是轻灵的、飞扬的、水性的眼神，它明显带有一种吃力的色彩，在看似的犹豫（即口吃或结巴）中饱含着某种坚定的硬性。"路漫漫其修远兮，吾将上下而求索。"《彷徨》扉页引述的这两行诗句，正是鲁迅眼神中蕴涵的笨拙和吃力特征的上好说明。因此，对鲁迅眼神最好的描述性词语应该是瞪眼。瞪眼准确地表征了笨拙的力量所蕴涵的全部本色——它需要它的主人调动全身力量以便完成它。瞪眼需要力气。瞪眼不是轻而易举的行为。

被画家们忽略掉的还有鲁迅斜视的眼神。实际上，在鲁迅普遍而持久的语境中，斜视正是瞪眼的变种之一；它的出现，是为了减轻瞪眼长期以来所处的紧张状态和费力状态。斜视是瞪眼的省力方式，是穿插在一个个瞪眼动作之间的换气现象。斜视和瞪眼是鲁迅一生中最主要的眼神，它们交替出现在不同的场合，针对着不同的对象，以期达到不同的目的。斜视是瞪眼的休息状态。它们彼此互为过渡，彼此作为对方的准备和前奏。

瞪眼的方向是向上倔起，斜视则是落向旁边。瞪眼针对的是历史事实，是为了弄清楚今天的黑暗生活中包含着的黑暗的历史内容；斜视则针对当下生活的黑暗以及造成今天的黑暗的基本群众。因此，瞪眼表征着越过了"今天的"时代之山，斜视则表征着越过了今天的基本群众的人头，却并不是当代诗人梁晓明所谓的"向下看"。由于历史本身的深远、广大、浩渺，历史黑暗蕴涵着的过多的迷雾、污垢，使历史需要一种费力的、旨在勘探与侦破的眼神——瞪眼刚好满足于这一需要。当下的情况毕竟要容易一些,它可以被瞪眼的休息状态直接洞穿,鲁迅的斜视也确实具有这种举重若轻的力量。按照当代诗人李亚伟嬉皮笑脸的话说,当下基本群众的"美德和心病也被火星上的桃花眼所窥破"(李亚伟《怀旧的红旗》)。在比喻的维度上,鲁迅的斜视就是李亚伟语境中"火星上的桃花眼"。但群众们的"美德"和"心病"究竟是什么呢?鲁迅的著述早已写满了答案。和许多鲁迅研究家的看法相反,尽管鲁迅立足于当下,但他最主要的眼神却是针对过去,是从过去中寻找可用于瞪眼的对象,来印证今天的斜视的正确与必须以及被斜视的东西们的应该被斜视。

由于施"视"方向的不同,瞪眼给鲁迅带来了历史谣言家的身份,斜视则给他带去了当下小丑的角色。历史谣言家意味着,由于瞪眼的内部运作,鲁迅看出了历史的痼疾,并在写满仁义道德的历史账簿旁边很是风言风语地说了些风凉话:什么"吃人"呀,什么"暂时做稳了奴隶的时代"呀……就是典型的谣言家家语;历史谣言家是鲁迅在瞪眼的势力范围内,给自己找到的一种有别于斜视的省力方式——正经八百地、严肃板正地说出历史的污垢既显得太过费力,又显得太过迂腐:它还不值得我们的鲁迅那样去做。当下小丑则意味着,当瞪眼发现了历史的痼疾仍然存活于当下生活之中时,鲁迅能以当下生活小丑的角色,调笑当下基本群众的可笑生活。这就是我曾经指出过的鲁迅式的幽默。

很多学者都承认,鲁迅曾经信奉过进化论,但很快又抛弃了进化论。按照通常的理解,进化论早已向我们暗示:作为生物进化的最高阶段,人以及人的生活也是需要进化的,只不过它比生物进化有着更多的复杂性。正当人们都在普遍相信五四运动之后的中国正在迈向一个新的并且是辉煌的历史阶段时（比如郭沫若式破折号所指示的方向），在瞪眼和斜视的交替运作中，鲁迅却看到了当下与历史痼疾拥有内在的惊人一致性：中国人的生活并没有随着各种型号的革命运动以及时光的流逝产生应有的进化。并不是因为青年之中出现了恶人、混球、告密者，才促使相信青年必胜于老年的鲁迅放弃进化论；仅仅这样看待鲁迅习惯性地放弃信仰、背叛信仰，低估了鲁迅作为怀疑主义者在思想上的深邃和复杂。是瞪眼和斜视、历史谣言家和当下小丑相互间的深层结盟，并以不同的比例进入到鲁迅的目光整体之中，才使鲁迅终于窥破了社会达尔文主义的缺陷，并最终扔掉了庸俗的社会达尔文主义。瞪眼和斜视为它们的主人的敏锐增添了筹码。

瞪眼表征着瞪眼者对历史的仇恨，斜视表征着斜视者对基本群众拒不进化的生活的轻蔑。但仇恨、轻蔑的结果，是否引出理想的生活、光明的前景、好的世界，却并不是瞪眼者、斜视者可以预知的。在它们之间并没有合乎逻辑的、可以摆渡的航船。考虑到当时中国的现实处境，"好的世界"云云就更不可预期。历史必然性在这里失效了。正如格罗斯曼在《生存与命运》临近结尾对斯大林格勒战役结束时那场大雪所发的议论："……这不是雪，而是时间本身。洁白而柔软的时间一层层地沉积在人类鏖战的城市的废墟之上。现在的一切正在变为过去。在这场缓缓飞舞的大雪中看不见未来。"斜视、瞪眼和格罗斯曼笔下的大雪一样也是时间本身，是时间之上毛茸茸的大雾，它们覆盖了历史和当下，却并不能从中呼唤出有关未来的幼芽。——呐喊是鲁迅早年"遵命"的结果，其幼稚、可笑、荒唐，鲁迅又有什么不明白的？随后的放弃就是理所当然的事情。

在瞪眼者和斜视者那里，未来是不存在的，或者是不轻易存在的，因为瞪眼的本义就是针对过去，斜视的本义就是直面今天。

鲁迅对跑到他寓所求教的青年作家们建议说：写好小说中的人物的诀窍之一，就是要想尽千方百计写活人物的眼睛。推究起来，并不仅仅因为眼睛是心灵的所谓窗户，更关键的倒在于，眼睛中无疑包孕了许许多多可以称作意识形态的待定物，而目光恰可以被看作是某种——而不是随便哪一种——意识形态的衍生体。眼眶中滚动的绝不仅仅是物态的眼珠，而是活体的意识形态（即意识形态化了的比喻性人生理论）；眼眶不只是眼珠的收容所，也是意识形态的仓库。眼珠是意识形态的密谋状态，它渴求着在眼眶肌肉的牵引下，转动、思谋、把目光射向它想去的地方，看见它想看见的东西。在鲁迅的语境中，眼睛是意识形态的窗户。这就是瞪眼的意识形态。瞪眼的意识形态既包括向上倔起的瞪眼所包孕的内容，又包括了把目光投向当下人与物旁边的斜视所蕴涵的全部表情。在这两者之间，有着相依为命、靠鲁迅复杂的心灵进行典当才能过活的悲惨特征。而这，无疑就是鲁迅所谓写活小说人物的眼睛的隐蔽涵义。

瞪眼的意识形态坚定地表明：斜视和瞪眼、历史谣言家和当下小丑，使鲁迅永远无法处在时代旁观者的位置，又永远处在时代旁观者（即黑暗隐士或计算漆黑的钟点）的位置上。依靠瞪眼的意识形态，鲁迅开创了自己独有的生活方式（即次生生活）：背靠虚无，面对没有未来的前方，却向过去和当下施以不同方向、旨在不同目的的眼神。在《伊加利亚旅行记》的序言里，空想社会主义者埃蒂耶纳·卡贝（M. Cabet）非常自信地宣言道："慷慨的大自然既赐给人类以种种资源供我们享用，又赋予人类以智慧，或曰理性，以便我们用以指导自己的行动，只要考虑到这一点，我们就不能同意说地球上的人们注定是不幸的；如果再考虑到人类从本质上说是社会性的，因而是彼此同情、互相友爱的，那么，我们也不能同意说人类天生是性恶的。"瞪眼的意识形态坚定地否决了卡贝一厢情愿的善良空想，只余下孤零零的、倔犟的眼神。在书写中，鲁迅的眼睛打开了：它开启了他的意识形态之窗。

2. 孤独的眼神……

中国传统文化对人的目光和眼神有着专门性的要求。自孔孟以来的儒家教义的发展历程，与其说是如何在世事变迁中经过无数代"柔儒"的努力罢黜了百家成为国教的历史，还不如说是对人的目光的限定史。早年激昂、晚年渐趋保守、回归传统老路的康有为，在1927年2月15日向末代皇帝写了一封《谢恩折》。在《谢恩折》中，凡是提到天的，一律比正文高出三字，凡是提到皇帝称谓的，高两字；康有为自称"微臣"，凡是提到自己时，字都写得很小（《康有为政论集》下）。至于小到什么程度，相信老康已经动用过儒家伦理的游标卡尺丈量过了。董仲舒在《春秋繁露·人副天数》《春秋繁露·为人者天》等篇目中，早已给了康有为以详细的教诲。一整部儒学史，就这样成了对中国人的目光的限定史：在文人笔下高出正文三字的天，表征着上天的眼睛能够洞明一切，正所谓"举头三尺有神明"（好听一点的话是"天听即我民听"），它的目光是俯视的；皇帝的目光则是内敛的，表征着尊严、天威，他偶尔的扫视是君临天下的象征；而人臣的目光，永远只指向皇帝或比自己更高一级人物的脚尖，它是向下的、低眉顺眼的。限定了施"视"方向的眼睛，在中国永远表明了它特有的意识形态，眼睛的的确确是意识形态的窗户。

瞪眼的意识形态使鲁迅有足够的能力，非常精辟地指出中国人的眼睛上沾染的意识形态的特征："中国的文人，对于人生，——至少是对于社会现象，向来就多没有正视的勇气。我们的圣贤，本来早已教人'非礼勿视'的了；而这'礼'又非常之严，不但'正视'，连'平视''斜视'也不许。"（《坟·论睁了眼看》）因为平视、斜视是中国目光限定史及其教义坚决否弃的"观看"形式；这种"观看"在目光限定史的严厉语境中，永远不只代表纯粹的"观""看"，更多的则是对儒家伦理的虔、敬和遵从的态度，它们的成色、比例全处在这种严厉语境的规定之中。斜视、平视显然违背了眼睛意识形态的森严规定，是对传统意识形态的大不敬。而目光限定史的另一个隐蔽特征也被鲁迅一语道破了。在另一处，他又说："勇者愤怒，抽刃向更强者；怯者愤怒，却抽刃向更弱者。不可救药的民族中，一定有许多英雄，专向孩子们瞪眼。"（《华盖集·杂感》）在鲁迅的语境中，孩子既表征未来，又表征弱者。目光限定史的功用在鲁迅那里因而就是再明白不过的事情：随着目光限定史的推演、强化和被庸众（尤其是文人学者）自觉遵从，不但删除了未来，而且铸就了一个可耻可悲的民族风貌。在这中间，起决定作用的就是那些能识文断字的知识分子。程颢就嘴硬地说过："学者须先识仁，仁者浑然与物同体，义、礼、智、信皆仁也。识得此理，以诚敬存之而已，不须防检，不须穷索。"（《二程遗书》卷二上）当然也就可以由此达成儒家所规定、所需要和所允许的眼神。李宗吾抱怨说："中国的学者，受了数千年圣人的摧残压迫，思想不能独立，无怪乎学术消沉。因为学说有差误,政治才会黑暗。所以君主之命该革,圣人之命尤其该革。"(李宗吾《厚黑学》)这种大不敬的态度,显然是在提倡不同于传统的异质目光,相信能得到鲁迅牌瞪眼的意识形态的赞同。

毫无疑问,在鲁迅瞪眼的意识形态和中国传统文化对国人目光的专门性要求之间,存在着巨大的反差。是中国传统文化造成的积弱积贫、乌七八糟的残酷现实修改了鲁迅的目光,促成了鲁迅牌瞪眼的意识形态,并不仅仅是西学单方面的作用。西学只是鲁迅唯一有效的参照系和资源管理器。目光限定史的严重后果——鲁迅忧心忡忡地指出过——只能让中国人从"世界人中挤出"(《热风·随感录三六》),从而自绝于地球,空顶着一个中国人的名号。因为它从根本上铲除了国人平视、正视的权利:臣子平视皇上,末将平视大将军,儿子正视父亲,按照中国目光建设工程第八副总指挥程颢的话说,都是不忠、不孝、不仁、不义、不诚、不敬之举,有违天理"只眼"的道德要求、目光限定史中所蕴涵的意识形态的内在律令。

很让人惊讶,鲁迅本人的目光中所含正视成分的比例却是相当有限的。尽管他始终都在提倡正视,并歌颂过正视的伟大功用:在叛逆的猛士的正视下,天地将为之退色,貌似庄严的天、神都将为之退避三舍(《野草·复仇》)。这是因为他不屑于正视。我们说,鲁迅也许没有这样做的权利,但他明显有这样做的能力。中国传统文化貌似的高明和博大精深,在鲁迅式瞪眼的意识形态那里,只是一些手工作坊阶段的粗劣屁话,连应该有的精致都还说不上。它漏洞百出。向上倔起的眼神和斜视的眼神,明显包含了鲁迅对中国历史事实(最主要的是目光限定史)和当下基本群众的生活的双重蔑视:他清楚他(它)们,了解他(它)们,却没有必要去正视他(它)们。

鲁迅能给予他（它）们的，只是恨，只有讨厌。这早已包含在瞪眼的意识形态之中，包含在鲁迅施"视"的方向上。

但瞪眼的意识形态在具体操作上却有自己的幽默形式。鲁迅显然掌握了孙悟空的本领：在需要长高的时候，他长高了，并得以使用向上倔起的笨拙眼神，在看起来的举重若轻之中，吃力地洞穿了历史中的黑暗。而在需要缩小自己的时候，他也如愿以偿地缩小了，把目光投向了基本群众、当下事件的旁边，窥出了他们"麒麟皮袍下的马脚"；或者调笑似的以仰视的目光望上去，虽然看不到他们那伟大到无边无际的一面，却无疑看见了他们脚尖上的灰尘、污泥、烂货……甚至粪便（鲁迅发明的可以呕吐的记录方式就是这种能力的物化形式之一）。"麒麟皮袍下的马脚"以及灰尘、污泥、烂货甚至粪便，都掩盖在目光限定史冠冕堂皇的教科书中。这两方面的事实，构成了瞪眼的意识形态的幽默形式。我曾说过，幽默是体弱多病的鲁迅在言说时采取的一种省力方式。但在瞪眼的意识形态的疆域里，幽默方式更多表明的是鲁迅的蔑视、仇恨，尽管它的确仍然是省力的。

程颢说："学者不必远求，近取诸身，只明人理，敬而已矣，便是约处。"（《二程遗书》卷二上）这毋宁是说，目光应该得到仁、义、礼、智、信、天理等等玩意的修饰和限定。一个时代有一个时代的眼神、目光以及目光的施展方向；但在"天不变，道亦不变"的强烈要求下，国人的目光是固定不变的。在他们的目光背后，永远存在着亚当·斯密"那只看不见的手"，它在调控他们的眼神，规定他们施"视"的方向，测定他们目光的比例和成色……鲁迅的眼力即使在他的时代也无人可比；要命的是，鲁迅还发现了被目光限定史规定为固定不变的目光,在鲁迅的时代仍然很有卖点。各种个人和权利团体掀起的尊孔、读孔,不过是它的外在表征之一。鲁迅曾经指着这些现象,用斜视的独有音势呵斥过它们(参见《华盖集·十四年的"读经"》),顺带也呵斥了程颢的辛苦说教。

瞪眼的意识形态的种种特征,以及它和传统目光限定史内在律令之间的巨大反差,使鲁迅陷入了深深的孤独:毕竟他的目光是独一无二的。这是孤独的眼神,是没有伴侣、没有同志、没有战友、没有亲人的孤零零的眼神。向上倔起的瞪眼和落向人、物旁边的斜视挽手走遍天下,到头来只发现了自己。对于鲁迅,返回是不可能的。因为瞪眼的意识形态中包孕着的巨大仇恨和蔑视,即使抛开"好马不吃回头草"的尴尬,也使一切形式的返回在鲁迅那里都将成为自欺欺人。

在《银河天歌》中,康有为自哀自怜地如是唱道:他想去一个美好的地方,却——

无仙鹊以为梁兮,
遇张骞之泛槎。
望克廉水素之极星兮,
吾将出银河而之它。

孤独的鲁迅显然没有好心情去做康有为那种矫情状的离骚式神游。他的目光在孤独的中国"现事"场景中穿梭,时而向上,时而又落向旁边,无一例外总是找不到自己所信的东西,只把仇恨撒向过往的历史以及当下的历史境遇,通过他独有的、和目光限定史大相矛盾的瞪眼的意识形态。

3. 旁观者……

种种迹象表明，鲁迅不是他身处时代的代表者，从各个方面来说，他都堪称它的敌人。排除鲁迅身上种种可以达成这个结论的要素后（比如鲁迅的破折号的内在涵义带出的结果等），他孤独的眼神和目光就是最值得重视的原因。可以想见，当瞪眼的意识形态既以仇恨的目光针对中国过往的历史，又用轻蔑的眼神针对当下基本群众的人间生活，瞪眼的意识形态从骨子里导出的无疑只有虚无主义。在此，虚无不是没有（havenothing），而是讨厌：历史与当下都不足信，而未来只是一个巨大的无。这里正可以调笑式地用到海德格尔故作深奥的茫然：为什么有存在，无反倒不存在？

依靠这一点，瞪眼的意识形态有能力把鲁迅放在一个特殊的旁观者（即黑暗隐士）的位置上。他在"现事""现世""现实"和"现时"中，只占据一个罗兰·巴尔特所谓"虚拟的主语"的位置。这个小丑，这个谣言家，穿行在当下和历史之间——眼神和目光就是他用于穿行的桥梁——对着他看见的一切比比画画、吆三喝四、指指点点，在激昂和愤怒的神色中，永远具备着的只是轻蔑和讨厌的眼神。他仿佛置身事中，却又明显地身处事外。正如当代诗人臧棣所说的：

热爱幻想的人，我深知，你只会
拿出身体的一半嫁给现实

（臧棣《访友》）

本雅明也说到了这类旁观者的"观看":"看的快乐是令人陶醉的。它可以集中于观察,其结果便是业余侦探。"(本雅明《发达资本主义时期的抒情诗人》)处在"虚拟的主语"位置上的旁观者结果也成了业余侦探。业余侦探意味着,除了他本人没有人会真的需要他;业余侦探在内心对自己侦察出的犯罪事实毫不怀疑,但又对侦察出的事实是否会成为审判、处决罪犯的有效证据毫无信心,当然对罪犯在服刑过程中是否会得到改造并成为新人类就更没有把握——瞪眼的意识形态促成的旁观者身份的真实涵义就在这里。

孙悟空为过火焰山要向牛魔王的老婆借扇子,但后者无论如何都不愿意,孙悟空只好缩小自己钻进牛夫人的肚子里拳打脚踢,逼得后者终于就范。鲁迅的斜视正如同缩小了自己的孙大圣:仰仗这一点,他也钻进了当下基本群众生活的胃囊里边闪展腾挪。孙悟空在和另一个本事同样高强的妖怪比高矮时,陡然之间身高如柱。鲁迅向上倔起的瞪眼也这样做了:依靠这一本领,他站得高,看得远,眨眼之间,就显出了目光限定史及其教义的身材矮小——后者突然之间现出了驼背小矮人的真面目。但这一切,都和旁观者的身份相当吻合:斜视做出的闪展腾挪和目光限定史在向上倔起的瞪眼面前显示出的身材矮小,并没有呼唤出施"视"者理想中意欲改造它们的结果,直到最后,它们是否能够被改造就不再是鲁迅感兴趣的事情。他只是不断地这样施"视"而已。

瞪眼的意识形态和鲁迅的文字有着相当的一致性:鲁迅的文字也是一个特殊旁观者观察现实和历史的笔录(即具有呕吐功能的记录方式)。鲁迅激愤的语调、时而高昂时而低沉喑哑的语气,无一不表征着他身处事中；但是，掩盖在它们之下的无奈腔调，尤其是幽默和调笑的音势，却无疑可以看作他置身事外的象征。斜视、瞪眼施"视"的方向在这里的作用显而易见：身处事中的激昂语调（无论是当下事件，还是历史事件）无疑就是瞪眼了，因为激昂需要力量，需要力气去促成愤怒，也需要力气去书写力透纸背的檄文。置身事外的调笑音势（也无论是当下事件，还是历史事件），肯定就是缩小自己的、意在省力的斜视。"莫恨西风多凛烈，黄花偏耐苦中看。"（黄宗羲《书事》）激昂、调笑（幽默）共存，和瞪眼、斜视同居一室相类似，它们共同构成了鲁迅时而波浪起伏，时而文白夹杂，时而晦涩、哽咽，时而又流畅、慷慨激昂的文字的显著特点。

表征置身事外的斜视和调笑的音势与目光限定史的典型话语存在着极大的反差。目光限定史始终要求"温柔敦厚""正襟危坐"的眼神，它导出的腔调无疑是板正的、肃穆的和庄严的，幽默、调笑将被视为不正经的、轻浮的表现。特殊旁观者的语调和他斜视的目光相一致，有效地采取了目光限定史（或教义）所痛斥的"轻浮话语"。它的风言风语一方面表明旁观者对此毫无兴趣（除了调笑的兴趣外），另一方面，也为自称的正经和严肃脸上抹了黑。而这，正是小丑和谣言家的另一种表现形式。

鲁迅的目光之所以是一种孤独的目光，就是因为它是一种表征特殊旁观者的目光。长期以来，绝大多数论者都注意到了表征激昂、愤怒、批判的瞪眼，据此以为鲁迅是一位绝对的入世者，却忘记了表征隐士、事不关己高高挂起的斜视。这一遗忘，毫无疑问，和画家们善意忽略鲁迅眼神中的笨拙与吃力质地一样，也是致命的。因为这样做，最终遗忘了鲁迅大多数时刻都是生活在一个交叉地带的关键事实：在出世与入世之间、在绝望与希望之间、在战斗与逃避之间产生的巨大交叉地带上生存的鲁迅，对组成交叉地带的众多两极（比如出世与入世）都不信任。瞪眼的意识形态只相信交叉地带；而交叉地带身上沾染的全部消息，无疑构成了瞪眼的意识形态的本质内涵。正是它，使瞪眼的意识形态既有了可以凭恃的靠山，能同时向左（比如入世）、向右（比如出世）反复出击，无论是使用向上倔起的瞪眼，还是使用落向人、物旁边的斜视；也由此有了对瞪眼（激愤）和斜视（幽默、调笑）的支撑，并最终把自己变作了一个特殊的旁观者。尽管在早期（1927年以前），瞪眼的意识形态和交叉地带之间还有一种游弋不定的关系，但它一经形成，就如同附骨之疽一样，让鲁迅再也挥之不去。

基于这样的考虑，我们有理由认为，不理解瞪眼的意识形态的如许特征，就很难说能够理解鲁迅的复杂性——无论是革命家的鲁迅，思想家的鲁迅，文学家的鲁迅，还是处于痛苦之中的鲁迅与生活之中的鲁迅。很显然，特殊旁观者的身份，是鲁迅之所以成为一个怀疑主义者、虚无主义者的真正根源之一。从很早开始，他就在扮演这一角色，无论是从他的动作上、语调上、眼神上，还是对信仰的习惯性背叛上。

4. 哎，群众，群众……

目光限定史的终极结果——鲁迅曾经暗示说——就是闭眼：在对上天、皇帝、上司、长辈低眉顺眼后，很自然地就会对上天等东西们的所作所为（无论好坏，也很可能分不出好坏）睁一只眼闭一只眼了；更恶劣的还在于，从来就有许许多多的人在为闭眼寻找理论依据——目光限定史正是为着这一目的才得以出现的。它是无数代"柔儒"和准"柔儒"集体智慧的结晶。鲁迅当然不是说出这一结论的第一人，但他无疑是说出这一结论的那些人中最深刻、最有力量的人。

很久以来，人们一直以为鲁迅是大众的同路人，是群众的忠实盟友。这样说话的人显然忘记了瞪眼的意识形态中包含的斜视成分了。我早已说过，斜视作为瞪眼的省力和换气方式，是以交叉地带作为凭恃和内涵的瞪眼的意识形态中专门针对当下基本群众的生活的眼神。基本群众包括军长、教授、西崽、车夫、家庭妇女、农民、孔乙己、阿Q、高老夫子、子君、涓生、假洋鬼子、闰土、赵太爷……甚至蒋介石。在斜视中，鲁迅多次称他们为"看客"。与看客相连带的，鲁迅早就暗示过了，永远都是表演者和他们弄出的各种型号的表演：残忍的、滑稽的、可悲的、可笑的、可恨的表演。所有这些人，那些基本群众，在瞪眼的意识形态看来，都是目光限定史及其教义要求下闭眼的看客。是他们组成了闭眼的中国。假如模仿海德格尔在迫不得已的当口才发明的阐释学循环，我们也可以说，在这种情况下，鲁迅如果不成为一位特殊的旁观者还能成为什么？因为单纯的身处事外，放弃瞪眼，他就无法填充他的空白人生，也无法在业余侦探身份之外找到更好打发岁月的方式。仅仅使用斜视，他就有可能成为瞎起哄的看客们的同路人或者牺牲品——目光限定史早已向我们表明了，有太多剿匪的人最后也成了匪，还有更多的人是剿匪不成反被匪剿。鲁迅根本不是大众的同路人。

维克多·富尔内尔在《巴黎街头见闻》中有趣地说："绝不能把游手好闲者同看热闹的人混淆起来，必须要注意到个中的细微差别。""一个游手好闲者还保留着充分的个性,而这在看热闹的人身上便荡然无存了。它完全沉浸在外部世界中,从而忘记了自己。在面前的景象前,看热闹的人成了一种非人化的生物;他已不再是人,而是公众和人群的一部分了。"这段话仿佛不是描写巴黎,听起来倒好像是献给目光限定史的贴切判词。看客们("看热闹的人")看上去好像是在看热闹,实际上却闭着眼睛。他们是非人的,是天然就去势的,他们只是宾格,他们在看热闹时发出了太监般的笑声:尖利、丑陋,和闭眼的动作与神情完全一致。他们看见了别人的表演,却没有发现自己早就是其中的一员。在鲁迅早年对这伙人的斜视中还饱含着同情(比如《阿Q正传》中对阿Q开赴刑场时的描写),还保持着愤怒(比如《藤野先生》里的有关陈述),但是,瞪眼的意识形态一经最后成型,我们的特殊旁观者在使用斜视时,除了悲悯和同情,更多的只是调笑。他们的确值得笑话,值得无偿地送给他们超过两次的嘲笑。但鲁迅的调笑已经明显地带有忧伤和绝望的性质。

  闭眼的中国全靠这帮看客伙计们。鲁迅多次说过,群众的伐恶之心并不下于军阀。这种恶,也是由目光限定史及其教义定义过的。他们的闭眼,实际上是一种伐恶的体现:他们赞同他们看到过的杀头、分尸吃人、踩躏,赞同在麻木不仁中对人的尊严的肆意冒犯。这组成了看客们的基本生活,也组成了目光限定史定义下以闭眼为特征的基本文明。依靠瞪眼的意识形态的指引,鲁迅以一个特殊旁观者的身份向看客们指点说:"这文明,不但使外国人陶醉,也早使中国一切人们无不陶醉而且至于含笑。因为古代传来而至今还在的许多差别,使人们各各分离,遂不能再感到别人的痛苦;并且因为自己各有奴使别人,吃掉别人的希望,便也就忘却自己同有被奴使被吃掉的将来。于是大小无数的人肉的筵宴,即从有文明以来一直排到现在,人们就在这会场中吃人,被吃,以凶人的愚妄的欢呼,将悲惨的弱者的呼号遮掩,更不消说女人和小儿。"(《坟·灯下漫笔》)这一后果既是闭眼造成的,但它也同样促成了闭眼。这里又令人不无尴尬地遇到了类似于阐释学循环一类的玩意。让鲁迅和瞪眼的意识形态绝望的是,无论怎样,看客们面对如斯事实却始终未曾睁过眼,他们乐在其中,陶醉、满足,然后放心地睡觉,然后就是"采菊东篱下,悠然见南山"。

瞪眼的意识形态发现了中国看客们普遍的哭声。但鲁迅的瞪眼和斜视的力量更加看清了:只有被看者的哭声,看客们在没有成为被看者时是不会下泪的。让·诺安(Jean Nohain)在《笑的历史》一书里很有趣地说:"《大百科全书》用了一点七六米的纵栏篇幅来解释笑。而解释眼泪的篇幅只有一点三七米长,疼痛一栏只有三十五厘米,而哭泣一栏仅仅二十四厘米。这说明,在过去的时代,我们的父辈乃至祖辈已经发现,理解牵动我们面部颧肌的动机,比理解导致我们突然哭泣,引起我们眼帘下分泌出含有千分之十四氯化钠的碱性水溶液的动机更为复杂。"对中国的看客们来说,这是再合适不过的比例:在基本群众那里,对他人哭声的理解不是他们生活中的内容,只是可用于像待宰的鸭子那样伸长脖子观看的材料。他们是真正的旁观者,和鲁迅的旁观者身份有着本质的差别。

正是这样,瞪眼的意识形态彻底疲惫了。仿照卡夫卡的话说,它的疲惫是一个斗剑士斗剑后的那种疲惫。元曲说:"兴亡千古繁华梦,诗眼倦天涯。孔林乔木,吴宫蔓草,楚庙寒鸦。数间茅舍,藏书万卷,投老村家。山中何事?松花酿酒,春水煎茶。"(张可久《黄钟·人月圆·山中书事》)与此内容不同但思路一致,作为缓冲与换气,斜视在瞪眼的意识形态中才会有着更加浓厚的比例。——鲁迅懂得怎样修改瞪眼的意识形态内部的各种配方。当目光限定史及其教义在当下基本群众的生活中已万难改变,当下生活因此拒不进化时,瞪眼和斜视了几乎一生的鲁迅陷入了深深的绝望。作为一个传统目光的背叛者,鲁迅一方面有可能去建立自己的交叉地带(即次生生活),建立自己发言和观看的身份与角度,另一方面,他又完全对瞪眼的意识形态产生的效果不抱任何希望。他的瞪眼和斜视也不再需要弗·詹姆逊(Fredric Jameson)所谓的"意识形态投资",而是掏空瞪眼的意识形态:在他独有的交叉地带,鲁迅只更换着瞪眼的意识形态内部配方的比例(比如三分瞪眼,七分斜视,或者相反),以针对不同的具体对象,也对应于彼时彼地内心的黑色境况。最终不再理会基本群众的当下生活,只投以瞪眼和斜视就行。

如此这般,在瞪眼的意识形态那里最后只剩下一片空无。向上倔起的笨拙眼神,落向旁边的斜视,已经没有任何实际内容;看起来被猛烈批判、被高度调笑的对象只是近乎虚拟的。鲁迅也不再会在乎他(它)们。他临死前扔下的"一个也不宽恕",和他的眼神有着高度的一致性:既然一个也不准备宽恕,余下的还有什么可理论的呢?它和瞪眼的意识形态最终的被掏空难道还有什么区别吗?群众们远去了,背负着目光限定史及其教义;鲁迅身后留下的,只是对这些人孤零零的恨——恨铁不成钢的那种"恨"(不是"能憎才能爱"的那种恨)。他说:一个也不宽恕。宣告了他和他们绝对的分裂。当然,也宣告了他彻底失败的铁定命运。

1999年12月,北京看丹桥

嬗变的汉语与中国现代文学

古代汉语或鲁迅以前的汉语

古代汉语,亦即中国古人使用的汉语,包括口语(或白话)和书面语(或文言)。那是一种以味觉(亦即舌头)为中心,于不可解释的天意控制下组建起来的语言;它因人的舌头知味、能言,而具有零距离舔舐万物的能力。古人使用的汉语以舔舐为方式,在直观中,直接性地言说一切可以想见的物、事、情、人[①]。有趣得紧,在俄语和法语里,语言和舌头竟然也是同一个词,真可谓"东海西海,心理攸同"[②]。从最基础的层面上说,特定的语言意味着特定的思维方式。马克思有一句名言,在现代中国(至少是中国大陆)早已尽人皆知:语言是思维的外壳。思维和语言总是倾向于联系在一起。或者说,语言与思维互为因果关系:正因为有这种样态的语言,所以才有这种样态的思维方式;正因为有那种样态的思维方式,所以才有那种样态的语言。

世人皆知国人好吃。殊不知,在这好吃当中,自有高深的道理、深不可测的奥秘。"夫礼之初,始诸饮食。其燔黍捭豚,污尊而抔饮,蒉桴而土鼓,犹若可以致其敬于鬼神。"[③]按上古礼制,司徒的职能

[①] 关于这个问题的详细论证,请参阅敬文东:《味与诗》,《南方文坛》2018 年第 5 期。
[②] 钱锺书:《谈艺录·序》,中华书局,1984 年,第 1 页。
[③]《礼记·礼运》。

是修六礼、明七教、齐八政、一道德、养耆老、恤孤独。这些职能中饮食占据着极高的地位；司徒饮食的官职甚至高居"八政"之首①。孙中山说得更妙："中国烹调之妙，亦足表文明进化之深也。"②除此之外，日本学者武田雅哉还有纯粹认识论层面上的准确观察："当我们遇见未知的东西时，先应该送进嘴里吃吃看。这是中国神话教给我们的道理。"③武田提到的"中国神话"，很可能包括神农尝百草的著名故事："神农以为行虫走兽难以养民，乃求可食之物，尝百草之实，察酸苦之味，教人食五谷。"④这个神话暗示的很可能是：说汉语的中国古人始而依靠品尝、辨味认识事物，继而因知味而获取事物的本质，或真相。这是一种质地特殊、面相怪异的认识论。毛泽东显然清楚其间的深意。否则，他大概不会说：要知道梨子的味道，必须亲口尝一尝。引申开去则是，要想知道事物的真谛，必须与事物贴身相往还：这就是作为现代中国人的口头禅——"意味着"——自身的"意味"。

奔腾于古人舌尖的汉语，乃是一种知味的语言。"味"是古典中国思想中，最为重要的关键词之一；辨味、知味，乃是说汉语的中国古人认识事物的关键渠道，是华夏文明的认识论的根基之所在。在中国古人那里，味乃万物之魂⑤。只要稍加反思，便不难发现，中国人至今还习惯在口语中说：这个事情有味道；那是个没有人味的家伙；我嗅到秋天的气味了，如此等等，不一而足。欢快于古人舌尖的

---

① 参阅《礼记·王制》。
② 孙中山：《建国方略》，中华书局，2011年，第6页。
③ 武田雅哉：《构造另一个宇宙：中国人的传统时空思维》，任钧华译，中华书局，2017年，第107页。
④ 陆贾：《新语·道基》。
⑤ 贡华南对这个问题进行了一锤定音般的论述，参阅贡华南：《味与味道》，广西师范大学出版社，2015年，第22、23、25页。

汉语倾向于认为：万事万物皆有其味；即使是抽象的"道"，一向被汉语思想认作至高无上的"道"，也必须自带其味，正所谓"味道守真"①，诚所谓"心存道味"②。这种样态的汉语满可以被认作味觉化汉语；味觉化汉语乐于倾尽全力支持的思维方式，则满可以被认作味觉思维。贡华南认为，这种样态的思维方式具有以下三种特征："第一，人与对象之间始终保持无距离状态；第二，对象不是以'形式'呈现，而是以形式被打碎、内在与外在融二为一的方式呈现；第三，对象所呈现的性质与人的感受相互融和。"③凭此三言两语，贡氏轻松自如并且很是爽快地道出了味觉思维以舌尝而辨味、以舌品而知味的核心情状。

如果说，有味之人自有其有味之伦理，那么，支持味觉思维的有味之汉语也毫无疑问地自有其伦理。味觉化汉语的伦理无他，唯"诚"而已矣④。关于道德和伦理之间的严格区分，斯洛文尼亚人斯拉沃热·齐泽克（Slavoj Žižek）有上好的理解：道德处理的，是"我"和"你"的关系，所谓"己所不欲，勿施于人"。其实，再加上一条，也许会让道德的定义更趋完备：己所欲，亦勿施于人。伦理处理的，则是"我"和"我"的关系：我必须忠于我的欲望⑤。古代汉语（或曰味觉化汉语）的伦理既然是"诚"，那就必须忠于它唯"诚"而已矣的强烈欲望。"诚"是味觉化汉语（亦即古代汉语）的根本特性，所谓"修辞立其诚"⑥；所谓"巧言令色，鲜矣仁"⑦。这很可能是——

---

① 《后汉书·申屠蟠传》。
② 僧佑：《弘明集》卷十一。
③ 贡华南：《味觉思想与中国味道》，《河北学刊》2017年第6期。
④ 关于这个问题详细论证可以参阅敬文东：《汉语与逻各斯》，《文艺争鸣》2019年第3期。
⑤ 参阅斯拉沃热·齐泽克：《弗洛伊德—拉康》，何伊译，张一兵主编《社会批判理论纪事》第三辑，江苏人民出版社，2009年，第8页。
⑥ 《易·乾·文言》。
⑦ 《论语·学而》。

其实也应该是——理解古典中国思想特别管用的隐蔽线索。很遗憾，这个线索因为过于隐蔽被忽略、被遗忘得太过久远了。

和中国古典思想中没有拯救和彼岸相对应，制造中国古典思想的味觉化汉语根本上是一种经验性（或曰世俗性）的语言①。世俗性（或曰经验性）的语言导致的思想结果是："中国古代没有宗教正典（religious canon），没有神圣叙事（sacred narrative）……缺乏超验观念（transcendental concept），它们直接面向自然界——水以及所润育的植物——寻求其哲学概念得以建构的本喻（root metaphor）。"②将味觉化汉语（亦即古代汉语）径直认作经验性或世俗性的语言，听上去有点抽象，有些唐突，实际上非常简单。《西游记》和《聊斋志异》讲述的，本该是非经验性、非世俗化的时空中发生的诸多事情。但吴承恩、蒲松龄在讲述超验之神和叙述超验之鬼的故事时，其语言和描写人间诸事的语言是同一种语言，十分的经验化，十足的世俗"味"。在这种语言的型塑（to form）下，孙悟空不过是尘世凡"猴"的天空版，拥有凡"猴"而非超验之神才该拥有的动作/行为和喜怒哀乐，世俗味极为可口；在蒲松龄笔下，和女主人私通的那条狗也跟尘世凡人一样，具有极为强烈的嫉妒心，竟然因嫉妒咬死了与女主人正常欢爱的丈夫，最后被官府判刑问斩（蒲松龄：《犬奸》）。凡此种种，和《圣经》的非世俗化、非经验性相去甚远。"神说：'要有光。'就有了光。"③"神说：'诸水之间要有空气，将水分

---

① 此处说汉语是一种经验性（或曰世俗性）的语言，和下文说《圣经》的语气是超验性的，请参阅敬文东：《论语气》，2019年，北京，未刊稿。
② 艾兰（Sarah Allan）：《水之德与道之端》，张海晏译，上海人民出版社，2002年，第2页。
③《圣经·创世纪》1：3。

为上下。'……事就这样成了。"①很显然,《圣经》的语气(speaking voice)是超验性的,它原本就意在诉说一个超验的世界。味觉化汉语从一开始,就没有描写超验世界的能力;否则,三打白骨精的故事,就肯定不是今天的中国人所见到、所熟悉的那种样态。

味觉化汉语承认"饮食男女,人之大欲存焉"②的合理性。中国古人很可爱,对饮食男女特别在意和重视。其原因之一,就在于味觉化汉语始终愿意以其诚挚、诚恳的舔舐能力,去零距离地接触万事万物;原因之二,则是这种语言刚好具有说一不二的世俗性和经验性,饮食男女恰好是经验性和世俗性的开端,或者起始部分。正因为有这种样态的语言,中国古人才不至于像古希腊人和古希伯来人那般蔑视肉体,倡导器官等级制度③。更有意思的是:味觉化汉语因其舔舐能力显得极为肉感和色情,它因此更愿意向万物敞开自身,它因此天然适合作诗;诗则可以被视之为中国古人的知觉器官,活似巴赫金眼里的俄罗斯小说④。真是有趣得紧,这刚好是费诺洛萨(Ernest Fenollosa)和庞德(Ezra Pound)师徒二人心悦诚服的结论;在他们眼中,味觉化汉语是诗歌写作的最佳媒介⑤。

---

① 《圣经·创世纪》1:6-1:7。
② 《礼记·礼运》。
③ 参阅柏拉图:《蒂迈欧篇》,谢文郁译,上海人民出版社,2005年,第30-35页。
④ 巴赫金传记作者凯特琳娜·克拉克(Katerina Clark)、迈克尔·霍奎斯特(Michael Holquist)断言:"巴赫金将文学看作语言的一种特殊用法,它使读者能够看到被语言的其他用法所遮蔽起来的东西。作为一种体裁,小说,尤其是陀思妥耶夫斯基式的小说,实际上是另一种知觉器官。"(凯特琳娜·克拉克、迈克尔·霍奎斯特:《米哈伊尔·巴赫金》,语冰译,中国人民大学出版社,2000年,第319页)
⑤ 参阅费诺罗萨(Ernest Fenollosa):《作为诗歌手段的中国文字》,赵毅衡译,庞德:《比萨诗章》,黄运特译,漓江出版社,1998年,第249页。

现代汉语或鲁迅以后的汉语

辉煌灿烂的西方文化出源于两希文明：古希腊文明和古希伯来文明。古希腊文明建基于逻各斯（logos）；逻各斯的核心语义等同于道说，甚至直接等同于语言[①]。逻各斯是一种以视觉（眼睛）为中心，于不可解释的天意控制下组建起来的语言。古希腊文明的诸要素，均围绕视觉而组建。视觉因其不可能零距离地与万物相接洽，被认为暗含着成色极高的客观性，柏拉图代表希腊人将眼睛认作唯真为务的哲学器官[②]；因此，求真成为逻各斯自带的伦理，理性则是求真的基础与保证。味觉包含着——当然也意味着——不可或缺的主观性：你喜欢的味道，我不一定喜欢；我昨天喜欢的味道，今天不一定喜欢。逻各斯则深信：视觉是客观的，可以是客观的，必须是客观的；视觉产品一定具有可重复性。古希腊人借此而深信：纯粹的知识（比如 $X^2+Y^2=Z^2$）只能建基于纯粹的看。这种坚定不移的信念，乃是西方文化中科技文明的发动机和催化剂，但似乎更应该被认作西方文明的心脏和大脑。古希伯来人使用的语言，乃是一种以听觉（耳朵）为中心，于不可解释的天意控制下组建起来的语言。对此，马丁·布伯（Martin Buber）观察得尤为清楚和详尽：早期的犹太人"与其说是一个视觉的人，还不如说是一个听觉的人……犹太文学作品中最栩栩如生的描写，就其性质而言，是听觉的；经文采纳了声

[①] 参阅海德格尔：《存在与时间》，陈嘉映、王庆节译，生活·读书·新知三联书店，1999年，第38页；参阅海德格尔：《在通往语言的途中》，孙周兴译，商务印书馆，2004年，第236页。
[②] 柏拉图：《蒂迈欧篇》，谢文郁译，上海人民出版社，2005年，第32页。

响和音乐,是暂存的和动态的,它不关注色彩和形体"①。突出听觉最为直白地意味着:你只需听从上帝的旨意去行事就足够了。上帝向亚伯拉罕发令:"从你的家中出来,到我给你指引的地方去……"(Now the Lord said to Abram,"Go out from your country and from your family and from your father's house, into the land to which I will be your guide.")②亚伯拉罕不会、不能,当然也不敢向他的主询问那个"地方"的真假、好坏和利弊,更不可以质疑从自己的"家中出来"的合法性与合理性,因为这是一种训诫性的语言,以至善为伦理,以超验为指归;能理解要执行,不能理解也必须执行。

  英国有一位杰出的科技史家,叫李约瑟(Joseph Needham)。此人研究了一辈子中国科技史。他提出了一个问题;这个问题在汉语世界俗称"李约瑟之问":为什么中国古代有那么好的技术,好到连今天的人都难以做到的程度,却没有产生科学?关于这个问题,李约瑟似乎没能给出答案,至少没能给出让人信服的答案。此处不妨从味觉化汉语的特性出发,尝试着回答李约瑟之问。味觉化汉语以诚为伦理,重主观而轻客观,重经验而轻形式逻辑(想想被嘲笑了两千多年的公孙龙子和他的"白马非马论"③)。受这种语言的深度型塑,中国先贤们因此相信:"凡是他们提出的原理都是不需要证明的";如果必须要给出证明,他们仰赖的,也不可能是形式逻辑,而是"更多地依靠比例匀称这一总的思想,依靠对偶句的平衡,依靠

---

① 转引自杰拉尔德·克雷夫茨:《犹太人和钱——神话与现实》,顾骏译,上海三联书店,1992年,第166页。
② 《圣经·创世纪》12:1。
③ 曰:"以马之有色为非马,天下非有无色之马也。天下无马,可乎?"曰:"马固有色,故有白马。使马无色,有马如已耳,安取白马?故白马非马也。白马者,马与白也。马与白马也。故曰白马非马也。"(《公孙龙子·白马论》)

行文的自然流畅"。①人类学大体上能够证实：技术更多地取决于可以不断重复的经验性②；而重经验轻（形式）逻辑的后果之一，就是所有的命题都不可能得到形式化。所谓形式化，就是从"'两个热爱金日成的男孩加两个热爱金日成的女孩等于四个热爱金日成的朝鲜小孩'中，萃取出单纯的'2+2=4'，弃所有具体的男孩、女孩及其身体器官如敝屣，有类于'二次葬'是对埋葬本身的提纯，或对礼制的萃取与恭维"③。而唯有形式化，才配称科学的内核。甚至让不少中国人无比骄傲的勾股定理，依然是经验性的，其经验性体现在勾三股四弦五上。勾三股四弦五只是某个实例和特例，不是科学，因为它不具有一般性；科学（或曰形式化）的表述只能是：$X^2+Y^2=Z^2$，这就是著名的毕达哥拉斯定理（Pythagoras theorem）。只要代入任何有效并且相关的数字，这个公式（或定理）都能成立，绝不仅仅限于经验性的勾三股四弦五这个具体的实例。罗素（Bertrand Russell）甚至认为，诸如毕达哥拉斯定理一类的数学公式"并非属于人类，且与地球和充满偶然性的宇宙没什么特别关系"④。宜于作诗的味觉化汉语能促成高超的技术（比如制作精美的后母戊鼎、明故宫），却不可能产生科学，因为它乐于倡导零距离接触万物而主观性极强。科学仰仗的是真（客观），不是诚（主观）。中国人津津乐道的"天人合一"，其实质与核心就是零距离地相交于万物，正所谓"万物皆备于我"⑤。赵岐为此做注曰："物，犹事

---

① 费正清（John King Fairbank）：《美国与中国》，孙瑞芹等译，商务印书馆，1971年，第58页。
② 参阅易华：《青铜之路：上古西东文化交流概说》，南京师范大学文博系编：《东亚古物》A卷，文物出版社，2004年，第76—96页。
③ 敬文东：《从唯一之词到任意一词（上）》，《东吴学术》2018年第3期。
④ 转引自彼得·沃森（Peter Watson）：《20世纪思想史》，朱进东等译，上海译文出版社，2006年，第111页。
⑤ 《孟子·尽心上》。

也。""万物皆备于我"意味着万事万物的本性都为我所具备,甚至万事万物都在我身上。有"天人合一",就不可能有科学;"天人合一"从其根基处意味着诗,意味着与科学(而非技术)绝缘或者无缘。

五四先贤认为:中国的积弱积贫出源于"诚"有余而"真"不足,出源于科学与科学精神(亦即真和客观)的严重匮乏,因而强烈要求改变现实。他们的观点十分激进,钱玄同甚至令人吃惊也令人颇感不安地认为:"欲使中国不亡,欲使中国民族为二十世纪文明之民族,必以废孔学,灭道教为根本之解决,而废记载孔门学说及道教妖言之汉文,尤为根本解决之根本解决。""中国文字,字义极为含混,文法极不精密,本来只可代表古代幼稚之思想,决不能代表 Lamark、Darwin 以来之新世界文明。"①鲁迅的看法也很有代表性:"中国的文或话,法子实在太不精密了。……这语法的不精密,就在证明思路的不精密,换一句话,就是脑筋有些胡涂。倘若永远用着胡涂话,即使读的时候,滔滔而下,但归根结蒂,所得的还是一个胡涂的影子。"②以钱、鲁为代表的五四先贤虽然态度激烈、措辞亢奋,见地却异常深刻和犀利:汉语(汉字)必须得到改造。五四先贤英明睿智,他们早已得知:味觉化汉语与味觉思维方式,才是中国古典思想的命脉和根基之所在;他们似乎有理由将之视作中国愚昧、落后的渊薮,或罪魁祸首,毕竟中国 1840 年以来的痛苦经历令他们痛苦透顶。旨在改造汉语之面貌的白话文运动的最终结果是:用视觉化(亦即逻各斯)去侵染味觉化(亦即古代汉语),直到把味觉成分挤到边缘位置,以至于让古代汉语脱胎换骨一跃而为现代汉语。现代汉语因视觉元素的大规模介入而分析性猛增,而技术

---

① 钱玄同:《中国今后之文字问题》,《新青年》第 4 卷第 4 号,1918 年 4 月 15 日。
② 鲁迅:《二心集》,《鲁迅全集》第 4 卷,人民文学出版社,1981 年,第 382 页。

化成分大幅度提升。古老的汉语从此得到了视觉中心主义的高度浸泡，迅速向科学（亦即分析性和技术化）靠拢，甚至干脆皈依了科学。这大约是居于地下的五四先贤乐于看到的局面。

2019年是五四运动一百周年，也是和合本《圣经》成功刊行一百周年。千万不要小看后面这件事，它的重大意义和价值，也许压根儿不在五四运动之下。媒介的改变具有致命性和革命性。以西川之见，和合本《圣经》"所使用的既不是古汉语，也不是我们现在所谓的现代汉语，它是介乎两者之间的一种特殊的语言。一种人工语言。这倒符合《圣经》的身份——那是上帝的语言，或上帝授意的语言"[1]。学界普遍承认：和合本《圣经》极大地拓展了汉语的疆界[2]，它让汉语从此拥有了表达超验世界的能力，不再全然斤斤于凡间尘世和人间烟火气；汉语由此可以依照上帝本身的样子去言说上帝，亦即用上帝自身的语言去描述上帝本身，用神界的语言去描述神界。可以设想这样一个实验：用和合本《圣经》的语言去描写玉皇大帝、托塔天王、白骨精，又该是何种样态和性状的白骨精、托塔天王和玉皇大帝呢？这样的神仙形象远在中国古人的想象之外。维特根斯坦（Ludwig Wittgenstein）坚定地认为："问题的含意在于回答的方法。告诉我，你是如何探求的，我就告诉你，你在探求什么。"[3]你在用何种语言怎么说话，决定你最终说出了什么，就像容器的长相决定了水

---

[1] 西川：《大河拐大弯：一种探求可能性的诗歌思想》，北京大学出版社，2012年，第6页。
[2] 参阅刘意青：《〈圣经〉的文学阐释》，北京大学出版社，2004年，第15-32页；参阅朱一凡：《翻译与现代汉语的变迁（1905—1936）》，外语教育与研究出版社，2011年，第49-98页。事实上，早在新文学运动开始后不久，朱自清就认为，"近世基督教《圣经》的官话翻译，增强了我们的语言。"（朱自清：《朱自清全集》第2卷，江苏教育出版社，1988年，第372页）周作人更认为汉译和合本《马太福音》的确是中国最早的欧化的文学的国语"，进而认为，汉译《圣经》可以为现代汉语以及新文学文学的改造上给予"许多帮助与便利"（周作人：《艺术与生活》，河北教育出版社，2002年，第41页）。
[3] 维特根斯坦：《维特根斯坦全集》第3卷，丁冬红等译，河北教育出版社，2003年，第27页。

的形状。汉语一旦获取言说超验世界的能力，就一定能说出熟悉《西游记》的古人完全不熟悉的唐僧、孙悟空、如来佛和猪八戒。

白话文运动与和合本《圣经》的出现，既为古老的汉语输入了视觉成分，因而具有极强的分析性能，也为汉语输入了表达超验世界的能力而疆域大增。[①]依麦克卢汉（Marshall McLuhan）之见，理解媒介"不是理解新技术本身，而是理解新技术间的相互关系及其与旧技术的关系，尤其理解新技术与我们的关系——与我们的身体、感官和心理平衡的关系"[②]。麦氏的意思大约是：媒介的改变带来的内容改变固然对人影响巨大，但人与媒介的深刻关系对人的影响更为致命，因为新媒介自身的思维方式绑架了人的思维方式，人成了媒介的传声筒，甚至奴隶。说现代汉语的中国人，肯定不同于说古代汉语的中国人：他们事实上更有可能是两种人，或更倾向于是两种人。此等情形，实为中国历史上从未有过之大变局，却几乎从来没有受到应有的关注和重视；在中国，语言的工具论依然是人们看待语言的最一般的方式，人操纵语言被认为天经地义。

中国现代文学

中国现代文学之所以被称作中国现代文学，就是因为它建基于现代汉语，亦即视觉化汉语和能够表达超验世界之汉语的综合体，但更主要是建基于视觉化汉语。古诗和新诗为什么有那么大的差别？因为

[①] 当然，自近代以来几代翻译家在翻译跟宗教有关的文学作品对汉语超验特性的型塑也不容低估，比如吴岩翻译的泰戈尔的《吉檀迦利》（上海译文出版社，1986年），就是很好的例证。
[②] 特伦斯·戈登（Terrence Gordon）：《特伦斯·戈登序》，麦克卢汉：《理解媒介》，何道宽译，译林出版社，2011年，第9页。

言说的媒介变了；媒介和人构成的关系，彻底改变了诗之长相和颜值。欧阳江河有一首长诗，名曰《玻璃工厂》，堪称视觉化汉语诗歌之杰作。

> 从看见到看见，中间只有玻璃。
> 从脸到脸
> 隔开是看不见的。
> 在玻璃中，物质并不透明。
> 整个玻璃工厂是一只巨大的眼珠，
> 劳动是其中最黑的部分，
> 它的白天在事物的核心闪耀。
> ……
> 在同一工厂我看见三种玻璃：
> 物态的，装饰的，象征的……

在现代中国人的潜意识中，汉语的视觉化甚至直接等同于科学。他们喜欢说：这个事情不科学，那个事情很科学。最近一百多年来，科学（science）在中国不是名词，在它被称为赛先生的那一刻起，就已经被上升为形容词；[1]一百年来对科学的崇拜，究其实质，乃是

---

[1] 汪晖对"科学"成为形容词的观察较为准确："今天流行的诸多物理、化学、生物、天文及其他学科的概念都是在科学社等科学共同体的工作中被确认的。诸如各种元素的概念、身体的概念、地理的概念和天体的概念现在已经是我们日常用语的一部分，这些概念不仅从根本上重构了我们对于宇宙、世界和人类自身的认识，而且也在一定程度上迫使人们逐渐放弃'天然的语言'。宇宙、自然和人自身在这种精确的语言中只有一种展现方式，从而古代语言所展现的宇宙存在的多种可能性日渐地消失了。现代汉语中大量的新的词汇是在有意识的、有方向和目的的设计中完成的，是一个技术化过程的产物，而不是自然的产物。由于这些新的概念的单义性和明确的方向指向，因而在这种语言中展现的世界也是按照特定的方向建构起来的。语言的技术化不仅是科学共同体内部的需要，而且也是现代社会作为一个技术化的社会的构造的内在的需要。"（汪晖：《现代中国思想的兴起》下卷第二部，生活·读书·新知三联书店，2004年，第1136-1137页。）

对视觉化汉语的崇拜。"看"所拥有的精确性、客观性和分析性,被认作视觉化汉语的核心和要的。欧阳江河深知其间的奥妙:"一片响声之后,汉字变得简单。/ 掉下了一些胳膊,腿,眼睛,/ 但语言依然在行走,伸出,以及看见。"(欧阳江河:《汉英之间》)《玻璃工厂》之所以有如此这般的言说,恰好是对"语言依然在行走,伸出,以及看见"的绝佳呼应,是对这种状况的上好体现:"正是玻璃的透明特性,才导致了处于同一张玻璃两边那两个'看见'互相'看见'了对方的'看见',甚至相互'看见'了对方的被'看见'。在此,不存在被巴赫金称颂的'视觉的余额';而'看见',尤其是被'看见',也算不上对某种情态、事态或物态的直观呈现,而是扎扎实实的分析,因为至少是被'看见'的那个'被',拥有更多非直观的特性。所谓'看见'的,也不是对面那个'看见'的表面,而是'看见'了对面那个'看见'的内里,以及那个'看见'的内部或脏腑,正所谓'物态的,装饰的,象征的',但尤其是'象征的'——'被'字正是对'象征的'的准确解释。"[①] 这种样态的表达方式和言说伎俩,乃视觉化汉语诗篇之专利。作为对比,不妨"看看"杜甫在如何"看"、怎样在"看":

两个黄鹂鸣翠柳,一行白鹭上青天
窗含西岭千秋雪,门泊东吴万里船。

这首诗里的意象全是视觉性的,也就是说,是"看"但更是直

[①] 敬文东:《词语:百年新诗的基本问题——以欧阳江河为中心》,《中国现代文学研究丛刊》2017 年第 10 期。

观的产物。如前所述，味觉化汉语的思维方式也是味觉化的。贡华南甚至认为，最晚从汉代开始，汉语已经把汉语使用者的所有感官彻底味觉化了。[1]至今仍然存乎于中国人口语中的语词诸如玩味、品味、乏味、有味、无味、况味等等，透露出的含义无非是：应该事事尽皆有味，应该物物尽皆有味；或者：万物都可以被味所定义。古人常说：书读百遍，其义自见。每一首诗肯定有它明确的意义，比如杜甫的这首《绝句》。古人在玩味诗作，在品读词赋时，不仅要准确理解诗词歌赋传达出的意义（亦即它到底说了什么），更重要的，是准确理解语言背后那层没有被明确说出来的意味。前者可以被称之为解义，后者可以被名之为解味；前者可以"意会"，后者则难以"言传"。[2]理解诗的意味比破译诗的意义更加重要；解味远胜于解义。不是书读百遍，其"义"自见，而是其"味"自现。与欧阳江河在《玻璃工厂》中的表现刚好相左、相悖，杜子美在观看黄鹂、翠柳、白鹭、青天、窗、西岭、千秋雪、门、东吴、万里船的时候，他的视觉早已被味觉化了。对于被味觉化汉语所把控的杜工部而言，他只需要看（亦即有所看），再把看到的写出来，就算完事，因为于此之间，诗"味"已经被味觉化汉语成功地锁闭在诗行之中，相当于厨师经油炸，将鲜味锁闭在食物自身组建的囚牢之中。但此等情形在欧阳江河那里就不那么行得通了，因为此公早已被视觉化汉语所把控。欧阳江河不仅要像杜甫那样有所看，还要看见自己正在看。前者（亦即杜甫及其《绝句》）可以被称之为"看—物"，后者（亦即欧阳江河和他的《玻璃工厂》）则有必要被称之为"看—看"。这就

---

[1] 参阅贡华南：《从见、闻到味：中国思想史演变的感觉逻辑》，《四川大学学报》2018年第6期。
[2] 参阅贡华南：《味觉思想》，生活·读书·新知三联书店，2018年，第208页。

是说，视觉化汉语写就的诗作不但要看和在看，还要看到它此时正在看。这个过程或模式可以被表述为："我看见我正在看"，或曰"自己看见看见"。"自己看见看见"或"我看见我正在看"在双倍地突出视觉；这种性质的突出能反思或监视"我正在看……"。因此，它能保证"我正在看……"的精确与客观。唯有秉持这种样态的科学精神，新诗才能把发生于现代中国的现代经验描述清楚。

无论是味觉化汉语（古代汉语），还是视觉化汉语（现代汉语），归根到底还是汉语。既然是汉语，就一定有其基因层面上无法被根除、不可以被撼动的成分。作为商朝旧臣，箕子很诚恳地规劝革命成功的周武王要顺天应命，不得逆物性行事，否则，万事没有不败之理。①这可以被认作味觉化汉语中**感叹语气**的隐蔽来源。②事实上，说汉语的古人无论是谈论真理、命运，还是言说其他一切可以被言说的物、事、情、人时，都倾向于感叹：赞颂美好的事物、惋惜时光的消逝、哀叹生活的艰辛、为多舛的命运痛哭（痛哭可以被视作感叹的极端化），如此等等。感叹来自对天命的顺从；生活再艰辛，命运再多难，也只是足够令人惋惜、哀叹，甚或痛哭，却绝不是放弃，更何况孔子的"贤哉！回也"③之叹。张载说得精简有加："存，吾顺事；没，吾宁也。"④这句话把箕子口中的那个"顺"字，解说得极为清楚和生动。顺天应命者首先要懂得天命；懂得天命而顺应天命，就不再是消极的行为，也跟投降、放弃无关，毕竟杀身成仁、舍生取义作为天命曾被许多人主动认领。因此，顺天应命促成感叹并且值

---

① 参阅《尚书·洪范》。
② 参阅敬文东：《李洱诗学问题（中）》，《文艺争鸣》2019年第8期。
③ 《论语·雍也》。
④ 张载：《西铭》。

得为之感叹，而不是促成或导致激烈、愤怒的反抗，因此，中国古代文学极少悲剧（《桃花扇》《窦娥冤》是极为罕见的例外）；感叹由此成为味觉化汉语的基因与遗传密码，却并不因视觉化大规模进驻汉语而消失殆尽，毕竟味觉成分不可能被视觉成分所全歼。即使是集视觉化汉语之大成的《玻璃工厂》，也不能免于遗传密码和基因对它的感染——

> 最美丽的也最容易破碎。
> 世间一切崇高的事物，以及
> 事物的眼泪。

感叹虽然藏得很深，毕竟可以被有心人所辨识。

再回"见山是山"之境

味觉化汉语有一个非常重要的特点：以诚为其自身之伦理。"诚者物之终始，不诚无物。……诚者非自成己而已也，所以成物也。"①在味觉化汉语的心心念念中，倘若没有汉语自身之诚和它必须仰赖的君子之诚，万物将不复存在，因为"诚者"（亦即至诚之君子）不但要成为他自己（"成己"），更重要的是成就万物（"成物"），亦即帮助万物成为万物。这就是得到味觉化汉语全力支持的创世—成物说，一种彻底无神论的创世—成物理论，必定会令各种型号的有神论者侧目和震惊。而"唯天下至诚，为能尽其性；能尽其性，则能尽

---

① 《礼记·中庸》。

人之性；能尽人之性，则能尽物之性；能尽物之性，则可以赞天地之化育；可以赞天地之化育，则可以与天地参矣"①。汉文明强调至诚君子必须加入到天地的运行之中，唯其如此，才算尽到了君子的义务，也才称得上顺应了君子被授予的天命。

很容易理解，能够成就万物的君子，一定不是儿童，他的言说必定充满了成年人的况味和沧桑感。因此，感叹着的味觉化汉语，注定没有童年；以感叹为基因和遗传密码的味觉化汉语，注定不会有清脆的嗓音。②正是出于这个缘故，孔子才会说"逝者如斯夫，不舍昼夜……"；老子才会说"天长地久……"。因为成物之难，沧桑嗓音有可能更倾向于支持如下句式：呜呼！人生实难③，大道多歧④。这种沧桑着的况味作为积淀物或基因，并不因视觉大规模进驻汉语而惨遭全歼。此处不妨以钱锺书和李金发为例，来论说这个至关重要却长期以来被隐藏的问题。1933年，时年23岁的钱锺书写有一首七律："鸡黄驹白过如驰，欲绊余晖计已迟。藏海一身沉亦得，留桑三宿去安之。茫茫难料愁来日，了了虚传忆小时。却待明朝荐樱笋，送春不与订归期。"（钱锺书：《春尽日雨未已》）1923年，时年同样23岁的李金发写道："感谢这手与足／虽然尚少／但既觉够了。／昔日武士被着甲／……我有革履，仅能走世界之一角／生羽么，太多事了啊。"（李金发：《题自写像》）为什么两个如此年轻的人，却写出了如此老气横秋的诗作？在所有可能的解释中，最好和最有力量的解释也许是：他们都不自觉地受制于汉语自带的沧桑感；他们的写作在这

---

① 《礼记·中庸》。
② 参阅敬文东：《李洱诗学问题（中）》，《文艺争鸣》2019年第8期。
③ 《左传》成公二年。
④ 《列子·说符》。

个方面显然是无意识的;这对于以视觉化汉语来营建诗篇的李金发而言,情形尤其如此。除了诗作,还有来自生活中的更多例证。据说,沈从文去世前不久,有人问他:假如你即将去世,你想对这个世界说什么呢?沈从文回答道:我跟这个世界没什么好说的。1940年代物价飞涨,朱安没有生活来源,于是变卖鲁迅生前购买的珍本、善本聊以为生。有人责怪她不该如此轻慢地处理鲁迅的遗物。朱安说:难道我不是鲁迅的遗物吗?朱天文的父亲1949年携家逃亡台湾,多年来一直租房子住。朱天文很奇怪有能力买房的父亲何以不买房。父亲说:难道我们就不回去了吗(指回中国大陆)?无论是说古代汉语的中国人,还是说现代汉语的中国人,都不难理解:上述三人三句饱经沧桑之言,与其说来自他们(或她们)的沧桑经历,不如说汉语自带的沧桑况味给了他们(或她们)如此言说的机会,尤其是如此言说的能力和底气。而能够"成己"以"成物"的人不仅是成人,还一定是惜物者:物由他出不得不爱惜万物。正所谓"仁者,爱人"[①];也有所谓"春三月,山林不登斧斤,以成草木之长;夏三月,川泽不入网罟,以成鱼鳖之长"[②]。这样的人,有理由倾向于以悲悯的口吻对万物发言,以悲悯的语气诉说万事万物。因此,它更有可能支持这样的句式:噫吁嚱,万物尽难陪(朱庆馀:《早梅》)。味觉化汉语的感叹本质,亦即味觉化汉语的基因与遗传密码,正具体地落实于沧桑语气和悲悯口吻之上,却并不因视觉高度侵占味觉的地盘在中国现代文学中不复存在。李洱在其长篇小说《应物兄》中如是写道:

---

① 《孟子·离娄下》。
② 《逸周书·大聚解》。

缓慢，浑浊，寥廓，你看不见它的波涛，却能听见它的涛声。这是黄河，这是九曲黄河中下游的分界点。黄河自此汤汤东去，渐成地上悬河。如前所述，它的南边就是嵩岳，那是地球上最早从海水中露出的陆地，后来成了儒道释三教荟萃之处，香客麇集之所。这是黄河，它的涛声如此深沉，如大提琴在天地之间缓缓奏响，如巨石在梦境的最深处滚动。这是黄河，它从莽莽昆仑走来，从斑斓的《山海经》神话中走来，它穿过《诗经》的十五国风，向大海奔去。因为它穿越了乐府、汉赋、唐诗、宋词和元曲，所以如果侧耳细听，你就能在波浪翻身的声音中，听到宫商角徵羽的韵律。这是黄河，它比所有的时间都悠久，比所有的空间都寥廓。但那涌动着的浑厚和磅礴中，仿佛又有着无以言说的孤独和寂寞。

应物兄突然想哭。

无限沧桑，尽在大型排比句后被单独排列的"应物兄突然想哭"之中；对黄河的无限悲悯，也尽在"应物兄突然想哭"之中。这让令人生厌的排比句——亦即语言中的纳粹的丑陋的正步走——居然显得极有分量，极其感人。这段话有能力给出启示录一般的暗示：一百年来，汉语被高度视觉化而变得越来越理性、坚硬，甚至变得无情无义后，有必要也有能力重新恢复汉语本有的沧桑况味、本有的悲悯和柔软，亦即在"见山不是山"很久之后带着视觉化汉语赋予的礼物，重返"见山是山"的境地，然后伙同视觉化汉语更好地表达当下中国的现实，让文学能更好地抚慰人心。深通其间精义的李洱不像欧阳江河那样，借助视觉化汉语的分析性能进入事物内部敲诈事物；他更愿意满怀复杂的况味去关爱事物，以悲悯的心肠去抚摸事物。

一般来说，语言有两种：一种是说明性的，比如电器、药品的说明书，只需要把事情说清楚就行了。另一种是文学性的。文学语言不仅要说明事物，把事情说清楚，还要让读者关注、留心语言本身，亦即让读者指向语言自身（language calling attention to itself）[①]。经过白话文运动之后，视觉化汉语有能力将所有可以说的问题说清楚，只不过说清楚是一回事，说得好或漂亮是另一回事。杜子美和曹雪芹在使用味觉化汉语抒情、叙事时，不但把事情说清楚了，还说得非常好，现代汉语至今尚在路上；不能指望年轻的视觉化汉语在表达任何一种物、事、情、人时既清楚又好，虽然既清楚又好是视觉化汉语值得追求的最高目标。昌耀有一首名曰《紫金冠》的短诗，全文如下——

我不能描摹出的一种完美是紫金冠。
我喜悦。如果有神启而我不假思索道出的
正是紫金冠。我行走在狼荒之地的第七天
仆卧津渡而首先看到的希望之星是紫金冠。
当热夜以漫长的痉挛触杀我九岁的生命力
我在昏热中向壁承饮到的那股沁凉是紫金冠。
当白昼透出花环，当不战而胜，与剑柄垂直
而婀娜相交的月桂投影正是不凋的紫金冠。
我不学而能的人性觉醒是紫金冠。
我无虑被人劫掠的秘藏只有紫金冠。
不可穷尽的高峻或冷寂唯有紫金冠。

[①] 参阅周英雄：《结构主义与中国文学》，东大图书公司印行，1983年，第124页。

这首诗表述得既清楚又好，堪称十分罕见，也极为打眼。在《紫金冠》当中，意在准确地状物、写心的分析性句式比比皆是，沧桑感和悲悯情怀"'寓'公"那般"暗'寓'"其间；视觉化汉语和味觉化汉语相互杂糅、彼此委身相向，由此踏上了从"见山不是山"到再次"见山是山"的艰难旅程，令人感动和侧目。仰仗这段珍贵的旅途，昌耀有能力纵容现代汉语纵容他自己：把一切无法描摹的美好事物都大胆地命名为紫金冠；紫金冠则可以被视为再次"见山是山"的物质见证。这正是昌耀的湖南同乡张枣特别想说的话："现代汉语已经可以说出整个世界，包括西方世界，可以说出历史和现代，当然，这还只是它作为一门现代语言表面上的成熟，它更深的成熟应该跟那些说不出的事物勾联起来。"[①]现代汉语已经能描摹一切无法描摹的事物；紫金冠正是现代汉语"更深的成熟"的象征，刚健、有力，既有金石之声，又有金石的坚硬，却不乏因悲悯和沧桑带来的温柔和善解人意。这应当被目之为视觉化汉语再次征用味觉化汉语后，产生的质变。这种语言在感叹语气的帮助下，有确凿的能力像古代汉语那样表达智慧——

> 我在峰顶观天下，自视甚高；
> 普天之下，我不作第二人想；
> 日出只在我眼中，别无他人看到；
> 日落也是我一人的；

[①] 白倩、张枣：《绿色意识：环保的同情，诗歌的赞美》，《绿叶》2008年第5期。

我走出身体，向下飞，

什么也触不到。

我才是世上第一个不死的人。

（宋炜：《登高》）

从这首伟大的短诗中，看不出丝毫的矫情、狂妄和造作。读者通过"日出只在我眼中""日落也是我一个人的"这两个诗行，反倒可以很轻易地窥见：宋炜对太阳极尽宠爱之能事；仰仗再次归来的感叹，尤其是感叹的具体样态（悲悯与沧桑），可以让宋炜立于不死——而非仅仅不败——的境地。除了不幸谢世甚至过早谢世的昌耀、张枣，还有为汉语新诗正活跃着的宋炜、蒋浩、赵野、西渡、桑克等人，都在很自觉地向味觉化汉语靠拢，向感叹（悲悯与沧桑）致敬，在带着视觉化汉语赋予他们的珍贵礼物，而再次走向"见山是山"之境地。这保证了他们的作品既具有扎扎实实的现代性，又保证了他们的诗作不乏华夏传统给予的滋润而显得足够的中国化，却一点不像海峡对面的余光中。后者一直在以古人的心态和身份书写新诗，在以假冒的味觉化汉语铺叙一个现代的古人之情。

文学仍然可以养心

"心"可谓华夏文化中的语义原词（semantic primitives），可以解释汉语中很多难以解释的其他复杂语词的复杂意义；[①]以"心"和"竖

[①] 李德高等：《语义原词和"心"》，《中国石油大学学报》2019年第1期。

心"（忄）为偏旁的汉字之多，可以很好地为此作证。在华夏思想看来，味觉化汉语的诚伦理始终和汉语之心相伴相连。被味觉化汉语塑造出来的华夏文明始终认为：唯有心正，才可意诚；唯有意诚，方能修、齐、治、平。《中庸》有言："自诚明，谓之性；自明诚，谓之教。诚则明矣，明则诚矣。"周濂溪不仅主张"诚者，圣人之本"①，还将"诚"提升为"五常之本，百行之源"②，从而开启了宋明理学。阳明子说得更直白："大抵《中庸》工夫只是诚身，诚身之极便是至诚；《大学》工夫只是诚意，诚意之极便是至善。"③在阳明子看来，心与诚不仅意味着善，还意味着善的发端源起。在阳明子那里，"至善是心之本体"④。而荀子早于阳明子和濂溪先生如是说："君子养心莫善于诚。"⑤

作为一种典型舶来品，新诗的观念源自欧美，它更乐于传达现代经验，视传达上的准确性为更重要的诗学问题。欧阳江河曾说："单纯的美文意义上的'好诗'对我是没有意义的，假如它没有和存在、和不存在发生一种深刻联系的话，单纯写得好没有意义，因为那很可能是'词生词'的修辞结果。"⑥事实上，无论是"存在"还是"不存在"，都和由"看"带来的抽象之"思"相关，不大相关于肉感的舔舐和感叹。有足够的理由认为：屈原"称物芳"源于"其志洁"；⑦新诗"称物恶"是因为其心"脏"（读作平声而非去声)，毕竟新诗在观念上更多地出自欧美的现代主义诗歌，欧美的现代主义

---

① 周敦颐：《通书·诚上》。
② 周敦颐：《通书·诚下》。
③ 王阳明：《传习录》卷上。
④ 王阳明：《传习录》卷上。
⑤ 《荀子·不苟》。
⑥ 欧阳江河、王辰龙：《电子碎片时代的诗歌写作》，《新文学评论》2013年第3期。
⑦ 《史记·屈原贾生列传》。

诗歌不过是"有罪的成人"之诗而已矣。①过度强调"看",不免让新诗渐失体温,离心越来越远。虽说视觉化汉语以真为伦理,但汉语之为汉语的根本——亦即诚——并未消失殆尽,以沧桑和悲悯为基础的感叹依然存在。这就是中国现代文学能够再次走向"见山是山"之境的前提;只要用汉语写诗(无论新旧)或其他文体,心与诚事实上一直是在场的。用汉语写诗(但不仅限于写诗)意味着一场迈向诚的艰苦却欢快的旅途,也意味着修行——修行和心与诚相关。

和宗教性的永恒比起来,味觉化汉语更愿意也更乐于支持、提倡和赞美世俗性的不朽。永恒意味着取消时间,不朽意味着对时间的无限延长。味觉化汉语乐于支持不朽②;视觉化汉语更愿意支持及时行乐,视当下为黄金。但以视觉化汉语进行书写的几乎每一个人,多多少少都有一点点对于不朽的念想。从不朽的角度看过去,一个诗人或作家除了伟大毫无意义,这就像体育比赛在事后永远没有人会提及亚军。但如果听从来自汉语内部的指令,仅仅将写作当成一种修养心性的工作,一种修炼的过程,一种跟心与诚有关的行为艺术,就可以超越不朽,甚至无视直至蔑视不朽。其间的关键,将一决于心,唯有不可被撼动其性质的汉语之心能予赤诚之人以快乐;唯有在汉语高度视觉化的时代主动靠拢汉语的味觉化阶段,才更有可能对汉语有所增益,才更有机会获取心的平静、宁静和洁净。

2019年11月30日在四川巴山文学院讲座,录音整理:蓝紫

---

① 转引自赵毅衡:《重访新批评》,百花文艺出版社,2009年,第10页。
② 比如,就一般情形而论,有如下学说:"太上有立德,其次有立功,其次有立言,虽久不废,此之谓不朽。"(《左传·襄公二十四年》)单就味觉化汉语写作而言,则又有极富诱惑力的学说:"盖文章,经国之大业,不朽之盛事。年寿有时而尽,荣乐止乎其身,二者必至之常期,未若文章之无穷。是以古之作者,寄身于翰墨,见意于篇籍,不假良史之辞,不托飞驰之势,而声名自传于后。"(曹丕:《典论·论文》)